アパレル興亡　上

黒木　亮

集英社文庫

目次

下巻　目次

主な登場人物

池田定六……山梨県の農家の六男（オリエント・レディ創業者）
田谷毅一……山梨県の農家の長男（のちオリエント・レディ社員）
池田文男……池田定六の女婿
菅野美幸……米国帰りのデザイナー
塩崎健夫……オリエント・レディ社員
八木沢徹……同（札幌支店）
堀川利幸……同（新宿営業センター百貨店第一部）
佐伯洋平……東西実業社員（アパレル部門）
烏丸薫……海猫百貨店社員（婦人服売り場担当）
藤岡真人……同
湊谷哲郎……伊勢丹新宿店バイヤー

アパレル興亡

上

プロローグ

平成二十二年（二〇一〇年）五月——

北京五輪に続く中国の大イベント、上海万博が二週間ほど前に浦東《ほとう》新区で華やかに開幕した街は、今にも小雨が降り出しそうな曇り空の下にあった。

日本でいえば銀座にあたる市内随一の繁華街、南京西路《ナンジンシールー》には、フェラガモ、カルティエ、ロレックス、オメガ、グッチ、モンブランなどの路面店が軒を連ねている。

煌《きら》びやかな通りに、時ならぬ警察のパトカーが何台も出動し、白いテープが歩道に張り巡らされていた。灰色の制帽・制服姿の警官たちが警備するテープの内側で、千二百人もの人々が行列を作っていた。新聞サイズの宣伝用チラシを手に、トートバッグやリュックサックを肩にかけた人々は、二十代、三十代の若い年齢層が多く、子ども連れの人々もいる。

ユニクロの上海南京西路店の開店日であった。

同社にとって世界で四番目のグローバル旗艦店、すなわち最高水準の商品とサービスを備えた、世界的情報発信のための大型店舗だ。売場面積は三六〇〇平米で、ユニクロの店舗では世界最大である。

前々日には、取引先やメディア関係者を招待して祝賀パーティーが開かれ、広告キャラクターに選ばれた陳坤《チエンクン》（俳優・歌手）、黄豆豆《ファンドウードウー》（舞踏家）、杜鵑《ドウジュアン》（スーパーモデル）、譚元元《タンヤンヤン》（バレエダンサー）ら六人が出席し、それぞれ挨拶の中でユニクロのイメージを語った。

地下鉄南京西路駅のそばにある店舗は、米国のボーリン・シウィンスキー・ジャクソン社が建築デザインを担当した白亜の三階建て。正面が円筒形という独特な形状で、エントランス上部の壁に掲げられた白い「UNIQLO」の文字が入った、赤い正方形の看板が人目を惹《ひ》く。

店内は、技術とセンスを凝らしたVMD（ビジュアル・マーチャンダイジング）によってディスプレイされている。手がけたのは、大手アパレル・メーカー、ワールドでVMDの腕を磨いたインストアマーチャンダイジング部長の内田文雄。正面を入ると、開店の目玉商品である八十八色のポロシャツを陳列する円形の棚があり、高さ五メートルの天井をガラスケースに入った十八体のマネキンがゆっくり回転している。壁には、六人の広告キャラクターがユニクロの製品を着た大きな写真が飾られ、店内後方の階段脇にある吹き抜けの空間では、三体のフライングマネキンが上下に行き来している。

午前十時の開店に先立って、豪華な花が飾られた正面エントランス前で、セレモニーが始まった。

会長兼社長の柳井正を中心に、韓正《ハンチエン》上海市長、大笘直樹《おおとまなおき》ファーストリテイリング（ユニクロ）グループ上席執行役員、ファーストリテイリングの中国現地法人の総経理、潘寧《パンニン》ら七人が、テープカット用の白い横断幕の前に整列した。

「……東京、ニューヨーク、ロンドン、パリに続いて、世界で最新で最大のユニクロが、ここに誕生するっていうようなことです」

ダークスーツの胸に白いポケットチーフを覗《のぞ》かせた柳井が、マイクを手に左右に視線をやりながら、ざっくばらんな口調で挨拶をし、潘が中国語に訳す。

短髪でがっちりした体型の潘は、八年前に中国に進出した当初、不振だった業績を立て直した男だ。安物と思われ、大衆層から敬遠されたユニクロ製品の販売ターゲットを、所得がある中産階級と富裕層に変え、日本と同じ製品を日本と同じサービスで売ることで、成長軌道に乗せた。

「感謝大家的到来《ガンシエダージアダダオライ》。謝謝《シェシェ》！（皆様のお越しを感謝いたします。有難うございました）」

潘が引き取っていうと、柳井ら六人が拍手をした。

柳井らに鋏《はさみ》が手渡され、拍手の中、七人が赤い四角のユニクロのロゴが入った白い横断幕に鋏を入れ、テープカットを行なった。

「在此《ザイツー》祝贺《ジューホー》优衣库《ヨウイークー》上海《シャンハイ》南京西路《ナンジンシールー》店《ディエン》开业《カイイエ》！（ユニクロ上海南京西路店開店を、ここにお祝い申し上げます！）」

女性司会者の高らかな声とともに、客の入店が始まった。

エントランスに続くスロープの脇に並んだ店員たちの拍手とカメラのフラッシュを浴び、テレビ局の集音マイクの下を、客たちが続々と入店する。

またたく間に店内はごった返し、殺気立つほどの熱気が渦巻く。購買意欲を刺激するドラムが効いた音楽の中、人々は奪い合うようにポロシャツやジーンズを掴《つか》み、白いプラスチックの籠をいっぱいにする。レジ付近は立錐《りっすい》の余地もなくなり、白いTシャツ姿で横一列に並んだ十人以上のレジ係が、笑顔で客を捌《さば》いてゆく。二百六十人の店舗スタッフの接客訓練は、延べ十数人の現地幹部社員が日本で研修を受け、彼らが上海に戻って、ユニクロ流を叩《たた》き込んだ。数十人単位で送り込まれた日本人社員たちも、仕事のやり方を細かく指導した。頂点に立つのは、ユニクロ銀座店で日本一の売上げを達成したスーパースター店長、黒瀬友和だ。

ファーストリテイリング（ユニクロ）の今年（平成二十一年）八月期の売上げは八千百億円程度の見込みで、ZARA《ザラ》のインディテックス（スペイン、約二兆円）、GAP《ギャップ》（米、約一・九兆円）、H&M（スウェーデン）、ザ・リミテッド（米）に次いで、世界第五位である。

柳井の野望は、年商五兆円を達成し、世界一になることだ。成長に限界が見えてきた日本は一兆から一兆五千億円で、残り三兆五千億円から四兆円を海外市場で稼ごうと考えていた。

翌週――

東京湾に面した千葉県の幕張は、初夏らしい青空が広がっていた。

JR京葉線の海浜幕張駅の海側にある南口を出て、十四段の階段を下りると、「幕張新都心へようこそ」という看板を左右に掲げた半円形屋根のアーケードが現れる。

右手に視線を転じると、巨大なツインタワーがそびえている。ドーム型の屋根を持ち、グレーの壁に青っぽいガラスを用いた地上三十五階建ての二棟のビルは、三井不動産が管理・運営するマリブイーストとマリブウエストだ。

東証の新興企業向け市場、マザーズに上場する、株式会社スタートトゥディは、マリブウエストの十五階と十六階に入居している。日本最大のアパレル通販サイト「ZOZOTOWN」を運営する会社である。

同社は、社長の前澤友作が、二十歳をすぎた頃に千葉県鎌ケ谷市の実家の六畳間で始めた、米国で買い付けたレコードやCDのカタログ販売業から出発した。その後、アパレルのネット通販業に進出し、急速な勢いで成長を続けている。今年三月期は、商品取扱高三百七十一億円、売上げ（手数料収入）百七十二億円、純利益十八億五千万円を上げ、株式時価総額は約七百八十億円で、大手スーパーのダイエーを上回った。

受付は十五階にあり、ソファーセットのほか、大きな水槽のようなガラス張りの会議室がある。そばの壁には、男性ミュージシャンの大きなポートレートが二枚飾られている。

前澤が出勤すると、この会議室に社員たちを呼んで、長テーブルで打ち合わせをする。ウェブデザインに精通している前澤は、自らサイトの文言を考えることもある。

社員たちは平均年齢が約二十七歳という若さで、スニーカーやサンダルばきが多い。ほぼ全員がファッションと音楽に興味を持っており、お洒落《しゃれ》で個性的な服装をしている。三十代以上の社員は、ウラハラ（裏原宿）系全盛時代を経験し、その音楽やカルチャーに影響を受けている。

十五階にあるカフェテリアのような広い休憩スペースのテーブルの一つで、WEBクリエイション部の社員たち六人が会議をしていた。

「……やっぱ、アップするのは、ユナイテッドアローズとかビームスとか、そんなのを買う人たちがサイトにくる時間帯じゃないすかね」

紺のヨットパーカーにジーンズ姿の男性社員がいった。

一日一回の、商品をサイトにアップする時間帯についての話し合いだった。

ユナイテッドアローズやビームスは、他の商品より値が張り、それを買うのは、感度が高く、金を使える人たちだ。

「なるほど……。データ見てるとさ、午後九時頃ってことになるよね。そういう人たちが家帰って、携帯見るのって」

サイトの売上げ、時間帯ごとの訪問者の数、売れ筋、ページビュー、決済まで進んだ客数などを細かくチェックしている男性社員がいった。

「商品を十分回してくれないショップもあるから、やっぱ、一番買ってくれる人たちがサイトにくる時間だよな、アップするのは」

「時間はそれでいいと思うんですけど、商品をカートに入れたあと、決済に行くまでの三ページの間に離脱してる人が結構多くないですか？」

ノートパソコンでエクセルのスプレッドシートを見ながら、灰色の薄手の丸首セーターに濃緑色のサルエルパンツ（裾がすぼまったパンツ）をはいた女性社員がいった。

今のサイトの仕様では、カートに商品を入れたあと、住所や決済情報を入れ、内容を確認し、注文を完了するまで三ページほど進まなくてはならない。

「決済情報とかは、もう一ページに凝縮して、えいやっ！　で買えるようにしたほうがたぶんいいと思うんですよね」

室内にはアート作品や観葉植物が飾られ、フロアーの一角にはトルコ製のキリムが敷かれ、若い女性社員二人が靴を脱いで寛《くつろ》いでいた。

北と西側の二方向は大きな窓で、東京湾の赤潮や美しい夕日、夏には花火大会も鑑賞でき、四キロメートルあまり離れた物流センター、ZOZOBASE（習志野《ならしの》市茜浜《あかねはま》）も見える。

「それはいえるね。あと、新しいページのデザインだけどさあ、これ、どういうコンセプト？」

ロン毛を後頭部で縛ったまとめ役の男性社員が訊《き》いた。

「はあ、見た目的にバーンと目を惹くっていうか、そんなんがいいなー、と思って作ってみたんすけど」

新デザインを提案した男性社員がいった。

「うーん、そうなあ……。しかし、やっぱ『透明な箱』って基本コンセプトからちょっとずれてるんじゃないか？」

社長の前澤は、ZOZOTOWNはあくまで商品が主体で、「ユニクロからヴィトンまで」扱える、色のない「透明な箱」でなくてはならないと常々話している。

「デザインとかはいいと思うから、もうちょっと色とかトーンダウンさせて考えてみたら？」

「分かりましたー」

会社の中核を担うWEBクリエイション部は多忙で、皆、夜遅くまで働いていた。

前澤が千葉県出身であることもあり、幕張地区に住んでいる社員には月五万円の幕張手当が支給され、会社の近くに住んでいる社員が多い。時には社員総出で海岸のゴミ拾いをしたり、盆や正月のセールの時期には、本社から物流センターにピッキング作業の応援に行ったりもする。

その日の夕方——

老舗婦人服メーカー、オリエント・レディで三十一年間にわたって社長の座に君臨する田谷毅一《たやきいち》が、千代田区九段南の本社で、米国人の女性デザイナー二人を案内していた。

「……これがサンプル・ルーム（試作室）ですわ。ミシンからなにから、最新鋭の設備を揃《そろ》えてやっとります」

白髪まじりの頭髪をオールバックにした七十五歳の田谷がかすれ声でいった。

元々、筋肉質のがっちりした身体《からだ》だが、ここ三年で体重が約一〇キロ落ち、顔色が悪く、瞼《まぶた》も窪《くぼ》んでいた。しかし、ファッション業界の人間らしからぬ悪相には、「物言う投資家」村上世彰《よしあき》との委任状争奪戦に勝った高揚感と、業界で「ミスター・アパレル」という異名を奉《たてまつ》られる自信が漲《みなぎ》っている。

「オウ、イエス、ルックス・グッド！」

金髪でスーツ姿の女性デザイナー二人は、型紙を切ったり、スタン（洋裁用人台）に着せたドレスの仮縫いをしたり、ミシンを動かしたりしている社員たちの様子を眺める。

近々、オリエント・レディと提携予定のニューヨークの婦人服ブランドのデザイナーたちだった。

「おい、ちょっと、チーフ・デザイナーを呼んでくれ」

田谷がそばで通訳をしていた男性社員に命じた。

スタンに着せた試作品の周りで打ち合わせをしていた数人の男女の中から、グリーンのジャケットを着た、五十歳すぎの女性がやってきた。田谷が最近執行役員に取り立てたチーフ・デザイナーだった。

「こちらはな、今度提携することになったニューヨークのブランドのデザイナーさんたちだ。……おい、しっかり通訳せえよ」

スタイリッシュな雰囲気を漂わせた短髪のチーフ・デザイナーの女性に、米国人女性デザイナーたちを紹介し、通訳をしていた男性社員に発破をかける。

「社内は一通り案内したから、あとはデザイナーとMD《エムディー》（マーチャンダイザー）を紹介してやってくれ」

チーフ・デザイナーの女性に命じると、米国人デザイナーたちと握手を交わし、エレベーターで七階にある社長室に向かった。

七階には総務部、経営企画部のほか、監査役の塩崎健夫《たけお》（元常務）の席もある。

ものづくり一筋で、かつては約九〇パーセントという驚異的な自己資本比率を誇った会社の業績は、リーマンショック後の不況で、今年二月の決算は九十三億九千万円の最終赤字という、会社始まって以来の赤字決算となり、社内には危機感が漂っていた。

「おい、帰るぞ」

田谷が、塩崎ら二人の監査役に声をかけ、鞄《かばん》を取りに社長室に入っていった。

食が細くなっていたが、長年の習慣で、部下を引き連れて外で夕食をとっていた。食事のときには一升瓶に入ったアジロンダックの赤ワインを湯飲みで飲むのがならわしだ。米国系の黒ブドウの品種で、耐病性があり、昔から田谷の故郷・山梨県で栽培されている。

二人の監査役が帰り支度を始めて間もなく、社長室のブザーが鳴った。田谷が部下を呼ぶときの合図だ。

（あれ？　なんだ？）

営業担当役員時代の厳しい雰囲気を痩身に留《とど》めた塩崎が、怪訝《けげん》な顔になり、足早に社長室に向かった。

マホガニーの重厚なドアをノックして開けると、大きなデスクにすわった田谷が顔を歪《ゆが》め、苦しげな表情をしていた。

「社長、大丈夫ですか!?」

「う、うむ、大丈夫だ。ちょっとトイレに行ってくる」

青ざめた顔で立ち上がり、ふらつく足取りで社長室を出て、役員用のトイレに向かった。

塩崎や七階にいた社員たちは、不安げに後姿を見送った。

「うごおおーっ！」

田谷がトイレに行ってすぐ、絶叫とも呻《うめ》き声ともつかぬ咆哮《ほうこう》が響き渡った。

「おい、やばいぞ！」

塩崎ら数人が血相を変え、トイレのほうへ駆け出した。

第一章　笛吹川

1

昭和五年春——

インドでは、マハトマ・ガンディーが英印円卓会議を拒否して、第二次非暴力抵抗運動を開始し、ロンドンでは、戦艦削減や日本の補助艦（巡洋艦以下）保有比率を米国の六九・七五パーセントとする海軍軍縮条約が調印された。

山梨県中央部、甲府盆地東南端の東八代郡柿ノ塚《かきのづか》村の、とある大きな農家の軒先で、着物姿の小柄な少年が頭を下げていた。

蜂城山《はちじょうさん》（標高七三八メートル）の山すその、草深い集落の一軒であった。

「それじゃあ、行ってきあす」

風呂敷包みを手に提げ、裸足《はだし》に下駄《げた》をはいた少年は、池田定六《ていろく》であった。年齢は十五歳。十九年後に、東京・神田で婦人服メーカー、オリエント・レディを創業することになる少年である。

定六は、池田家の七男二女の六男として生まれ、村の尋常小学校高等科を卒業したあと、家から二キロメートルほど離れた長寿院という寺の私塾で三年間勉強した。そこは東京にある哲学館（現・東洋大学）を出た「寒山」という僧号の住職が塾頭を務める「寒山学校」という塾で、漢学、数学、英語、農業を教えていた。

日本の高等教育制度が整備される前、志のある若者たちに勉学の場を与えたのはこうした私塾で、県内各地にも勉旃《べんせん》学舎（五明村）、東冠義塾（日川村）、修斎学舎（市川大門町）、成器舎（南八代村）など多くの私塾があった。

「うむ。奉公先の人《ひと》ん等《とう》のいうことをちゃんと聞いて、励むんだぞ」

玄関の上がり框《がまち》で見送る十数人の家族の真ん中に立った父親がいった。

池田家は地元で十数代続く庄屋で、一町歩の水田と、年間四百貫の収穫がある養蚕を行なっていたが、大酒飲みの先代（定六の祖父）が多額の借財を作ったので、生活は必ずしも楽ではない。

さらに前年十月二十四日に起きたニューヨーク株式市場の大暴落「ブラック・サーズデー」に端を発する世界恐慌が米価と糸価を押し下げ、追い打ちをかけた。

「はい」

定六は再び頭を下げ、踵《きびす》を返して、家をあとにした。甲府市の春日町商店街（現・かすがもーる）にある「ヒツジ屋洋装店」に住み込み店員として働きに出るところだった。

家から二〇メートルほど離れた門までくると、振り返って、手を振っている家族に頭を下げ、村の道に出た。バス停まで見送る兄の一人が一緒についてきた。

村は、百戸ほどの集落で、家々は石垣の上に建てられている。石垣のそばの用水路を水がちょろちょろと流れ、梨や柿の木が植えられ、秋になると柿の実がぽとぽと路上に落ちてくる。一帯には草木が生い茂り、猿や狸《たぬき》が棲息《せいそく》し、夏には蛍が見られる。山すその集落なので、道はすべて坂道である。

坂道の向こうから、野良着姿の男が鍬《くわ》を担《かつ》いで、重い足取りで歩いてきた。日焼けと垢《あか》で赤茶色に染まった身体に、ぼろぼろの野良着をまとい、草鞋《わらじ》をはいた男は、池田家の裏手に住む、田谷という家の若い亭主だった。十数代続く池田家と違って、まだ二代の新参者で、娘が何人かいた。耕作地が五反しかない、いわゆる「五反百姓」で、暮らし向きは苦しく、「また田谷の家が土地を売った」とか「借金取りがきた」と、父親らが話しているのを定六も聞いたことがある。

すれ違いざま、定六と兄はお辞儀をしたが、田谷はどこかうつろな視線で二人を一瞥《いちべつ》しただけで、重い足取りで黙々と坂道を上がって行った。

「相変わらず、すっちょ（愛想）ねえじゃんな」

兄がいった。

定六は、風呂敷包みを提げ、石の多い坂道を、バスの停留所がある甲斐《かい》國一宮浅間《いちのみやあさま》神社のほうへと下って行った。

正面の北の方角には金峰山《きんぷさん》（標高二五九九メートル）をはじめとする山々、右手前方には大菩薩嶺《だいぼさつれい》（標高二〇五七メートル）などが屏風《びょうぶ》のように連なり、青い山影はまだ雪を頂いている。

眼前には甲府盆地が開け、笛吹川が貫流している。江戸時代から鮎《あゆ》が名産で鵜飼《うかい》も行われているが、急峻《きゅうしゅん》な地形を流れているため、梅雨《つゆ》や台風の季節に洪水を引き起こす暴れ川だ。

「ほんじゃあ元気で行ってこーし」

「うん」

バスの窓から兄に手を振り、定六は、柿ノ塚村をあとにした。

甲府のヒツジ屋洋装店では、午前五時半に起床し、飯炊きと掃除で一日が始まり、夜十一時すぎまで働き、窓も電灯もない蔵の中のせんべい布団で寝る厳しい修業生活が待っている。

2

十二年後（昭和十七年夏）——

前年十二月、日本軍による真珠湾攻撃で太平洋戦争の火ぶたが切られ、日本はマレー半島、オランダ領東インド、フィリピン、ビルマなどを占領したが、六月のミッドウェー海戦で大敗北を喫し、戦況は悪化の一途を辿《たど》っていた。

物資は次々と配給制になり、中学や高等女学校の生徒たちは学業に代えて、軍需工場や農村での勤労奉仕に駆り出された。柿ノ塚村からも男たちが万歳の歓呼と打ち振られる日の丸の旗に送られて出征し、多くが戦死した。

食糧事情は悪化し、米が手に入らないので、食事は麦飯、サツマイモ、小麦粉の麺と野菜を味噌《みそ》で煮込んだ「ほうとう」などで、おかずはタクアンだった。たんぱく源はたまに手に入る魚の干物、家で飼っている鶏やウサギ、川で獲《と》ってくるドジョウくらいになった。

池田家の裏手にある、田谷家の傾きかけた粗末な家で、母親が長男を柱に縛り付け、箒《ほうき》で折檻《せっかん》をしていた。

「この馬鹿っちょが！　人に怪我《けが》させるじゃあねーってなんぼいったら分かるだ!?」

野良着姿の母親は顔を真っ赤にして箒を振り上げ、少年のいがぐり頭に振り下ろす。

バシーッという大きな音がして、少年が悲鳴を上げる。

「痛《いて》えーっ！　痛えじゃんか、かあちゃん！　止《や》めてくりょーっ！」

土間の柱に縛り付けられた田谷毅一は、泥と垢で黒ずんだ手足をばたつかせる。

三人の姉と三人の妹の間に生まれた長男で、八歳のわりには身体が大きく、運動神経も抜群で、村のガキ大将である。

「この悪玉が！　おまんのために、うちのしがどんだけ肩身の狭い思いをしてるだか、分からんだか!?」

母親は、農作業で日焼けした、ごつごつした手で、容赦なく箒を振り下ろす。

毅一は村一番の悪ガキで、喧嘩《けんか》、畑のスイカやブドウ荒らし、万引き、落とし穴掘りなど、ありとあらゆる悪さをしていた。

そばの茶の間で姉たちが繕《つくろ》い物をしたり、土間の隅で鎌を研いだりしていた。戦争による物資・食糧不足が、ただでさえ大変な「五反百姓」の暮らしに追い打ちをかけ、姉たちの表情や動作にも疲れが滲《にじ》んでいた。

「まったく、このろくでなしが！」

母親は再び箒を振り上げ、打ち下ろす。

「痛えーっ！」

「痛くて当たりめーだ！　反省しろ！」

「反省したよー！　したじゃんかーっ！」

「石を投げるじゃねーって、いったら！　下手すりゃ、死んじもうじゃんか！」

　ガキ大将の毅一は、子分たちを率いて、近くの集落の子どもたちとよく喧嘩をしていた。投石合戦では抜群のコントロールで小石を相手の大将に命中させ、取っ組み合いでは誰にも負けない。ただし相手方に上級生が加わったときは、標的にされるので、一目散に逃げた。

「この大馬鹿っちょが！」

「痛えーっ！」

　叩かれた毅一が身もだえしたとき、身体を縛り付けていた荒縄がほどけた。

「あっ！」

　母親が驚いた瞬間、毅一は素早く縄から抜け出て、猿《ましら》のような素早さで家の外に逃げ去った。

「こら待て！　この山猿っ！」

　母親が追いかけようとしたが、毅一は玄関にあった下駄をひっ掴むと、家の外へと逃げる。

「へっ、くそ婆《ばば》ぁ！　いい加減にしろ！」

振り返って、あかんべーをすると、一目散に走り去った。

道から少し離れた果樹園で毅一の父親が猫背ぎみになって働いていた。

細々と水田と養蚕をやっていた田谷家は、二、三年前から現金収入が多い桃の栽培を始めたが、害虫や病巣を駆除するための消毒薬が十分に買えず、かえって家計が圧迫される悪循環に陥っていた。

（ちぇっ、なんちゅうこんだ、どいつもこいつも！）

空は抜けるように青く、積乱雲が湧き上がるように浮かんでいた。遠くには八ヶ岳や関東山地の山々が夏らしい姿を見せ、草むらではキリギリスがギイーッ、チョンと鳴いていた。戦争が起きていることなど信じられないような平和な風景だった。

毅一が下駄を鳴らして夏休み中の小学校までやってくると、今しも隣村の悪ガキたちとの石投げが始まろうとしていた。

前年に公布された国民学校令によって、尋常小学校は国民学校と改称され、学校ぐるみで戦時体制への取り組みが行われるようになった。

「おい、おまん等《とう》（おまえら）、こっちへこーっ！」

毅一は柿ノ塚村の子どもたちに大声でいった。

「あっ、毅一《きいっ》ちゃんだ！」

「おい、そっち行かだー」

子どもたちはリーダーである毅一の指示にしたがって、小石を手に、校庭にある二宮金次郎の銅像のほうへと駆けて行く。

二宮金次郎（尊徳）は江戸時代に相模《さがみ》国足柄上《あしがらかみ》郡（現・神奈川県小田原市）に生まれ、報徳の教えを広め、多くの農村を復興させた篤農家で、国家に奉仕する国民の模範として、全国各地の小学校に銅像が建てられていた。

柿ノ塚村の子どもたちが集まると、毅一はするすると金次郎の銅像に登り、両肩の上に左右の足を乗せ、仁王立ちになった。

「すげえーじゃん！」

「危ねえーなー」

台座も含めると三メートルくらいの高さの銅像の上に立った毅一を見上げ、子どもたちが驚きの声を上げた。

「おい、カスどもー！　おん（俺）にー石をぶっつけられるもんなら、ぶっつけてみろー！」

毅一が五〇メートルほど離れたところに集まった隣村の悪ガキたちに大声でいった。

そのとき近くから怒鳴り声がした。

「こら、おめーら！　なにやっとるだー!?」

殺一たちが驚いて声のしたほうを見ると、カーキ色の軍服を着て、軍靴をはいた男が立っていた。

学校に武道を教えにきている軍人だった。

「やべえ！　逃げろ！」

殺一は、銅像から素早く下りると、一目散に駆け出した。

「こら、田谷殺一！　またおめーかー！」

野猿《やえん》のような速さで逃げる殺一を軍人は追いかけた。


同じ頃——

東京の街では、うだるような暑さの中、ジリジリ、ギギギギと、絡み合うようなセミの鳴き声がこだましていた。

神田川に近い須田町から岩本町にかけての一帯には、洋服店、羅紗《ラシャ》店、綿布店、芯地卸店、メリヤス店、古着商などがひしめき合うように軒を連ねていた。

この地が東京の洋服産業の中心になったのは、明治十四年に羅紗既製服製造販売業者の岩村吉兵衛商店が開業し、その後間もなく、製造、卸し、小売りなど、五つの既製服店ができたことに由来する。

二十七歳になった池田定六は、岩本町の一角にある「池田商店」の土間と上がり框《がまち》に続く畳敷きの事務所兼接客室で、一枚の手紙を深刻な表情で見つめていた。

「……長い間汗水流して、やっと事業を立ち上げたのに……こんねんなっちもうとは……」

いかにも堅物そうな池田の顔に、悔しさが滲んでいた。

手にしていたのは、商工省から送られてきた通知書だった。

池田が昨年、長年勤めたヒツジ屋洋装店から独立して旗揚げした池田商店を、政府の既製服中央製造配給統制株式会社の製造を代行する代行所の一つ、既製服中央第三十四代行所に統合するという通知だった。

「社長、これからおれん等《とう》（おれたち）は、なにをしたらいいでー？」

かたわらにいた男の社員が甲州訛《なま》りで訊いた。

独立するときにヒツジ屋からついてきた社員の一人だった。

「なにをしたらいいもなにも……要するに、政府から命じられたとおりに国民服だとか防空頭巾だとかモンペだとかを作って、政府の指示にしたがって納入先に運ぶっちゅうこんだ」

去る二月から衣料品に切符制が導入され、人々は与えられる切符の範囲内でしか衣類を購入できなくなった。

「ほうですか……。衣類の製造や販売も政府の統制下に入るっちゅうことなんですね？」

「国家総動員の時代ってこんだな」

大きめのレンズの眼鏡をかけた池田の顔に、無念の思いが滲む。

甲府のヒッジ屋洋装店で、身を粉にして夜遅くまで働いて頭角を現し、入店三年後の昭和八年に、同店が東京の神田に進出するにあたって、十二人の社員の一人として送り込まれた。東京にきてからも、大きな風呂敷包みを担《かつ》いで取引先開拓に歩き、横浜の小売店に行くときは、荷台にうずたかく商品を積み、片道二五キロメートルの道を自転車をこいで往復した。そのかたわら、半年間、日比谷の裁断学校の夜間のクラスに通って、パターンと裁断の技術も身につけた。

「桐生《きりゅう》なんかの機屋《はたや》じゃ、軍需用の鉄をとるために織機《しょっき》をハンマーでぶっ壊されてるそうだ」

池田の言葉に、社員が沈痛な表情でうなずく。

国家総動員法にもとづいて昭和十六年に定められた金属類回収令などにより、金属類の強制的供出と工場・設備の軍需転用が行われていた。

「ただ……、でっけー声じゃあいえんけんど、どうもこの戦争は負ける可能性が高いらしいぞ」

池田があたりに注意深く視線をやって、小声でいった。

「えーっ!?　そっ、そりゃ……どういうこんですか？」

「俺の親戚がアメリカにいて、時々手紙をくれとっただけんど、向こうの軍事力や経済力は、日本の比じゃねーちど」

十九世紀半ばに米国のカリフォルニアでゴールドラッシュが起き、鉄道の建設が本格的に始まると、大量の中国人労働者が使われた。その後、一八八二年（明治十五年）に中国人移民入国禁止法が施行されると、日本人労働者がとって代わった。鉄道建設が終わると、彼らは農業や商業に従事した。

池田の親戚も、山梨県から渡米し、現在はカリフォルニアでクリーニング店を営んでいる。

池田は米国の服飾業界の動向を知るためにも、昨年まで親戚と手紙のやり取りをしていた。

「大本営が大勝利だって宣伝しているミッドウェーの海戦も、実は大敗北だったちゅーど」

池田はそれを、短波ラジオで米国の放送を聴いていた米国帰りの日本人から聞いた。

「ほ、本当ですかーっ!?」

「うむ。……日本がどうなるか、俺にも分からん。だけんど、どんな時代になっても、人には服が必要じゃんな。この商売がなくなるっちゅーことはねーら」

「は、はい。おっしゃるとおりで」

「ただ、今は政府のいうとおりにするしかねーけんな」

池田の言葉に社員の男はうなずく。

「ちょっくら出かけてくる。代行所に一緒に統合されるよそさんとも話さんといかんからな」

襟のついた国防色(カーキ色)の国民服姿の池田は立ち上がった。身長は一五六センチで小柄である。

第三十四代行所は、池田がかつて働いたヒツジ屋洋装店の東京店など八社が統合され、本部は日本橋小伝馬町《こでんまちょう》二丁目に置かれる。

店を出ると、目の前の電車通りに面して、「堀江ボタン」「天ぷら」「板山自転車」といった看板の木造家屋や煉瓦《れんが》造りの商店が軒を連ねている。しかし、かつてここを忙しく行き交っていた業者や丁稚《でっち》たち、荷台に大量の商品や古着を積んだ自転車や荷車の姿はもうない。近くのダンスホールは政府の命令でとうの昔に閉鎖された。

(希望のねえ時代だな。いつ戦争は終わるだか……)

池田は重苦しい気分で、炎天下の道を黙々と歩いて行った。

第二章　つぶし屋と三越

1

昭和二十四年八月――

敗戦から四度目の夏が訪れていた。

東京は一面の瓦礫《がれき》と焼け跡からしぶとく蘇《よみがえ》り始めていた。闇市か地方への買い出しでしか空腹を満たすことができなかった食糧事情も改善し、去る六月には銀座、新宿、渋谷などに二十一のビヤホールがオープンした。

復興を後押ししたのが、米国の対日戦略の大転換だ。

東西冷戦が深刻化したため、日本を共産主義の防波堤にしようと、経済の再生に力を入れ始めたのだった。去る二月には、トルーマン大統領の命で、デトロイト銀行頭取ジヨゼフ・ドッジが来日し、緊縮財政を柱とする急進的な経済改革「ドッジ・ライン」を吉田茂政府に命じた。

神田須田町二丁目と通りを一本隔てた東松下町十八番地の「池田商店」では、広い土間に続く畳の間で、社員たちが注文の電話を受けたり、そろばんを弾《はじ》いたり、納品伝票を書いたりしていた。

昭和十九年頃から空襲のためにまともな活動ができなくなった既製服中央第三十四代行所に見切りをつけた池田定六は、郷里の山梨県に戻って、地下足袋や軍用のバンドを製造する工場でしばらく働いた。終戦から五ヶ月後の翌昭和二十一年一月に再び上京し、代行所時代の仲間八人とともに、池田商店を再興した。

「……いつも有難うございます。それでは、明日お届けということで、宜《よろ》しくお願いいたします」

男の店員が、電話機に向かって頭を下げ、丁寧に受話器を置いた。

周囲では、何十個もの段ボール箱に商品が詰められ、次々と縄をかけられている。部屋の一角には反物が積み上げられ、生地の裁断作業をしている者もいた。

店の表では、手縫いのワイシャツを着た二人の店員が、自転車の荷台に大きな荷物を載せようとしていた。

「ちょっとこれ、載るかな?」

「重心を、重心を上手《うま》く真ん中に持ってこないと……、おとととっ!」

二人が自転車の左右から抱えていたのは、大きな風呂敷で包んだ竹行李《たけごうり》で、中に婦人服と子ども服がぎっしり詰められていた。

付近の通りには焼け跡に建てられた木造の家々に、「三弥衣料」「中央繊維工業」「栃木既製服」といった看板が掲げられ、衣料品の問屋・小売り街が復活し、にぎやかに商いを行なっている。

南の小伝馬町から堀留町《ほりどめちょう》にかけては織物問屋街、浅草橋、馬喰町《ばくろちょう》、横山町にかけては作業衣、布帛《ふはく》（織物生地）、メリヤス（ニット製品）等の問屋街が控え、一帯は東京の衣料品製造・販売業の中心地になっていた。そこから目と鼻の先には、伊藤忠、丸紅、東洋棉花《めんか》（現・豊田通商）、日本綿花（現・双日《そうじつ》）、江商《ごうしょう》（現・兼松）の「関西五綿」（繊維分野から発展した関西系五大商社）が、東京本社を構えている。

「どうも、こんにちはー」

細身の身体に洒落た砂色のスーツを着た中年の男が、店に入ってきた。

池田商店と取引がある大手商社の部長だった。

「あっ、これはどうも！　ようこそお越し下さいました」

畳の間で注文伝票を見ながら、商品の詰め込み作業の指示をしていた池田が頭を下げ、土間に下りてきた。

「池田さん、近くまで用事できたんで、様子を見に寄らせてもらいました。ますます盛況ですなあ」

「ええまあ、おかげさまで。『つぶし屋』も、世間様に用立てて頂ける時代になりました」

三十四歳になった池田は、日頃愛想がない堅物顔に精いっぱいの笑みを浮かべる。

この頃、既製服は和服や古着をほどいた生地で作ることが多く、品質もよくなかったので、「つぶし」という蔑称で呼ばれていた。衣料品業界の頂点に君臨していたのは、東洋レーヨン（現・東レ）、帝国人造絹絲《けんし》（現・帝人）、東洋紡績（現・東洋紡）といった紡績や繊維メーカーで、こうした会社では東大出も珍しくない。彼らは学歴もない既製服業者を「つぶし屋」、ニッター（編み立て業者）を「メリヤス」と呼んで馬鹿にしていた。

「いや、池田さんのところは、品質もいいし、『つぶし屋』だなんて、とんでもない。だからうちもお取引きさせてもらってるんです」

「有難うございます」

池田は腰を曲げ、丁稚のようにお辞儀をした。

二人が話している間にも、社員、縫《ぬ》い物を請け負う下職《したしょく》、郵便や運送会社の配達人などが忙しく店を出入りしている。

「ときに御社は、三越さんとお取引がありますよね？」

小柄な池田が相手を見上げるようにして訊いた。

「ええ、ありますが。なにか？」

商社の部長は骨ばった浅黒い顔を池田のほうに向ける。

「実は、三越さんとお取引きできないかと前々から考えているのですが、まったくツテがないもので……。もしできることでしたら、御社から紹介状を頂けないかと思いまして」

池田商店の主な取引先は、亀戸《かめいど》宇田、錦糸町北村、浅草大和屋《やまとや》、赤札堂（上野、浅草、新宿）、横浜だるま堂、平塚十字屋といった洋品店で、百貨店にはまだ食い込めていない。

「ほう、三越さんとね！　これはなかなか野心的ですな」

皇室御用達《ごようたし》の三越は、押しも押されもせぬ百貨店業界の最高峰で、気位も高い。

「三越さんと取引ができれば、うちの商品に箔《はく》が付いて、販路も拡大すると思うんです」

池田は、「つぶし屋」の蔑称を撥《は》ね返してやるぞと負けじ魂を燃やし、資金も物資も熟練した職人も乏しい中、「良いものは必ず売れるはずだ」と徹底して品質にこだわり、ものづくりと販路拡大に励んでいた。社員には愛情をもって接したが、さぼったり、まかないの食事を残したりする者には、容赦なく鉄拳を浴びせ、殴られたことのない社員はいない。

「ただ三越は品質にうるさいですよ。おたくの技術はいいとしても、選《よ》りすぐりの素材を使わないと」

「大丈夫です。素材は占領軍ルートで、いいのを手に入れますから」

「なるほど、占領軍ルートでね」

商社の部長は納得顔。

「分かりました。紹介状は、たぶん問題なく書かせて頂けると思いますよ。おたくの評価が上がるのは、うちにとっても結構なことだし」

「そうですか、有難うございます！　宜しくお願いいたします」

池田は深々と頭を下げた。

商社の部長が帰ると、社員が畳の間から呼んだ。

「社長、アメリカからお荷物が届いています」

「おう、そうか！」

池田は、小躍りするように畳の間に戻る。

太平洋戦争末期から途絶えていた外国郵便は昭和二十一年から復活していた。

畳の間に、紐《ひも》がかけられた船便の荷物が置かれていた。筒形で、左右に取っ手が付き、口が花瓶のような形をした米国の牛乳用の缶であった。鉄製で、高さが数十センチある。

「うーむ、楽しみだ」

池田はあぐらをかき、上機嫌で缶の蓋を開ける。

中から封筒に入った一通の手紙と、たくさんの冊子が出てきた。

冊子は「ヴォーグ」「セブンティーン」をはじめとする米国のファッション雑誌や、シアーズやメイシーズなど有名百貨店のカタログである。

サンフランシスコでクリーニング店を経営している親戚を頼って渡米した池田の兄と弟が送ってくれたものだ。

「なるほど……。アメリカでは、今こんなのが流行《はや》ってるんか」

池田が雑誌の一つを開いてじっと見つめると、社員たちも寄ってきた。

「うわあ、きれいじゃんねえ！　お姫様みたい」

山梨出身の女性社員が感嘆の声を上げた。

瑞々《みずみず》しい若さに満ちた米国人女性が、腰のあたりがきゅっと締まって、裾の広がった明るい色のワンピースを着て微笑《ほほえ》んでいた。写真の色彩も明るく、すべてが煤《すす》けて、薄汚れた占領下の日本とは別世界である。

「アメリカ人って、みんな本当にこんなきれいな恰好《かっこう》をしているのかねえ」

男の社員が感に堪《た》えぬといった顔でつぶやく。

「いや、アメリカだけじゃねーぞ。そう遠くないうちに、日本の女《おんな》しも、こういうのを着たいと思う日がくるはずだ」

池田が確信に満ちた口調でいった。

戦争中、高級織物禁止令によって綿のモンペ姿を強いられていた日本の女性たちは、進駐軍の米国人女性たちのファッションに触発され、洋装志向になった。モンペ姿は昨年あたりから減り、ブラウスとスカートが増えた。現在の流行はロングスカートである。ただし生地は「つぶし」(更生服)が大半だ。


翌月——

「いってらっしゃいませ」

「社長、頑張ってくりょーし」

残暑の季節だったが、池田定六は背広を着込み、自転車にまたがって、店先で社員たちの見送りを受けた。荷台には大きな風呂敷包みが紐で結わえ付けられている。

「そんじゃあ、行ってくる」

池田は、部下の男性社員とともに、自転車をこぎ始める。

取引先の大手商社から紹介状をもらい、三越の仕入部に商品の売り込みに行くところだった。荷台の大きな風呂敷包みは婦人服や子ども服を詰めた柳行李だ。

二人は、しばらく山手線の線路沿いを走り、神田駅のそばで左折し、中央通りを南に下る。

馬車やボンネットのトラックが道を行き交い、英語の看板の下を進駐軍の男女の兵士が闊歩《かっぽ》し、路上で古着が売られ、戦災孤児たちが靴磨きをし、白い着物姿の傷痍《しょうい》軍人が地面に両手をついて物乞いをし、「ＭＰ」の文字が入った白いヘルメット姿の米軍の憲兵が闇物資の取締りをしていた。

木々の梢《こずえ》ではアブラゼミが鳴き、どこかの煮炊きの匂いや煙がうっすらと漂ってくる。

「おお、相変わらず盛況だなあ」

ペダルをこぎながら、池田が一軒の家を見ていった。

木造の民家の窓の向こうで、二十代から四十代の大勢の女性たちが、机の上で生地を裁断したり、ミシンを踏んだり、黒板を使って説明する女性の先生の話を真剣な表情で聴いたりしていた。

「洋裁学校、流行ってますねえ」

並んで自転車をこいでいた男の社員がいった。

戦後の混乱が収まってきた頃から、雨後の筍《たけのこ》のように洋裁学校が増え、たくさんの女性たちが学ぶようになった。戦争中刊行が中止されていた女性向けファッション誌の「装苑」が昭和二十一年に復刊されたほか、女性誌「それいゆ」も同年創刊、昭和二十三年には「美しい暮しの手帖《てちょう》」（のち「暮しの手帖」に改称）が創刊され、型紙付きスタイルブックを見て手縫いをする洋裁が大流行していた。

ただし、まだ戦後の物不足が続いているため、着物や羽織の裏地を利用したり、男物のコートを上着に作り替える更生服が主流で、色合いも黒っぽく地味なものが大半だ。

「いいか、今に見てろしよ。日本がいまちっと豊かになったら、既製服が更生服にとって代わるら。その時にゃー、俺ん等《とう》（俺たち）の時代だ。もう『つぶし屋』なんていわせねえぞ」

池田は、洋裁学校で学ぶ女性たちの姿に、将来の手ごたえを感じた。

三越本店は、日本橋室町一丁目にそびえる、ルネサンス様式の白亜の七階建てである。大正三年の竣工《しゆんこう》時には、日本初のエスカレーターを備え、「スエズ運河以東最大の建築物」といわれた。国会議事堂や丸ビルと並ぶ、首都を代表する建物で、中央ホールには大理石が敷き詰められ、凝った装飾の採光天井から外光が降り注いでくる。

二人は裏手に回ると、入り口で紹介状を差し出し、仕入部との面会を請うた。

その日、池田と部下は、商人溜《だ》まりのような控室で半日待たされ、今日のところは帰って出直そうかと思い始めた頃、ようやく呼び出され、仕入部の担当者と面会できた。

二人が固唾《の》を呑んで見守る中、仕入部の担当者は、持ち込んだ五十点あまりの婦人服と子ども服を一つ一つ吟味し、四点だけを別の場所によけた。

（四点だけ採用か……。少ない点数でも、天下の三越に置いてもらえりゃあ有難い）

池田がそう思ったとき、仕入部の担当者が「この四点はお持ち帰り下さい。残りは見本として、引き取らせてもらいます」と、思いがけないことをいった。

池田と社員は驚きと歓喜で頭がくらくらしそうになった。

品質にこだわってものづくりをしてきた努力が認められたのだ。

ここに三越との取引が始まり、池田商店はその実績をテコに、大丸、松坂屋、松屋、高島屋、西武など、他の百貨店との取引を開拓していった。

2

二年後（昭和二十六年）の秋——

サンフランシスコで日本の独立を回復する講和条約が調印されて間もなくの頃だった。

神田東松下町の店の畳の間で、Vネックのセーターにネクタイ姿の池田定六があぐらをかき、手にした一枚の生地の色艶や感触を吟味していた。

池田商店は、二年前に「オリエント・レディ」と社名を変え、従業員は二十人を超えていた。自転車六台、オート三輪の「ミゼット」二台、小型トラック「ダットサン」を二台保有し、関東周辺だけでなく、日本各地に販路を拡大しつつあった。

「……うーむ、これはいいぞ」

池田は、薄紫色の生地の感触を指で確かめながら、眼鏡の顔に嬉《うれ》しそうな笑みを浮かべる。

大和紡績が開発した「エバーグレーズ」という生地だった。

「社長、これなら春夏ものの婦人服にぴったりですね」

丸いロイド眼鏡をかけた年配の男の社員がいった。戦時中、第三十四代行所でともに働いた腹心で、池田より六歳年長である。

「うん、まさにそうだな。光沢もあるし、汚れや色褪《あ》せも少なそうだ」

「高級婦人服のために登場したような素材ですなあ」

「よし、これでいこう。早速、大和紡績から買い付けてくれ」

前年六月に勃発した朝鮮戦争によって、日本は特需景気に沸き、「ガチャマン」「コラセン」と呼ばれる「糸へん（繊維製品）ブーム」が沸き起こっていた。製品を作ればいくらでも売れ、機織《はたお》り機をガチャンと動かせば一万円単位の儲《もう》けが入り、女工たちをコラッと一喝すれば千円単位で儲かる黄金時代の到来である。

この年から、米デュポン社と技術提携した東レがストッキングや衣料品用のナイロンの生産を開始するなど、素材の質が急速に向上し、既製服時代の足音が聞こえ始めていた。

「ところで映画会社との交渉の具合はどうだ？」

「はい、順調です。大映、松竹がオーケーで、東宝も前向きに検討してくれています」

池田は、映画会社に所属している有名女優たちを使って、新商品を大々的に売り出そうと目論《もくろ》んでいた。

池田は一見地味で堅物だが、本質は行動派のアイデアマンで、戦時中に原材料不足でじり貧となったヒツジ屋洋装店の業績を支えるため、木工玩具を満州に輸出したこともある。

「有名女優といえど、いい洋服はまだ思うように手に入らないご時世ですから、映画会社も女優たちも、服をタダで提供するといったら、喜んで飛びついてきます」

「よし。世間をあっといわせてやろうじゃないか。既製服の時代の幕を開けるんだ」


翌年（昭和二十七年）六月――

好天に恵まれた甲府市緑が丘にある山梨県営陸上競技場で、高校生たちの歓声や応援の声がこだまし合っていた。

バックストレートのすぐそばに緑の小山が迫り、遠くには甲府盆地を取り囲む山々の初夏らしい姿が見えている。

「一高（甲府一高）、ガンバーーッ！」

声援を受けながら、色とりどりのユニフォームを着た男女の高校生たちが歯を食いしばり、汗を流し、土の四〇〇メートル・トラックにひかれた白線を縁取るように駆けていた。

「そら、行けー」

競技場の周囲の木々は新緑に輝き、各校のチームが陣取る場所には、大きな校旗や部旗が風をはらんで翻《ひるがえ》っている。

「頑張れ、頑張れ！」

「にぃらぁさぁきぃー！（韮崎高校）」

ドンドンドンという応援の大太鼓の音も響く。

第四回の山梨県高校総合体育大会の陸上競技大会だった。

県高校総体は、二日間にわたって県内各地で開催され、男子は体操、陸上競技、相撲、バスケットボール、水泳、柔道など十三種目、女子は十一種目が行われ、各競技の得点を合計して総合優勝を争う。

フィールド内では、男子のやり投げが行われているところだった。

「……ゼッケン12番、田谷毅一！」

「はいっ！」

胸に大きなHの文字が入った紺色のランニングシャツに白いランニングパンツを身に

着けた田谷毅一が、右手にジュラルミン製のやりを掲げ、三〇メートルほどの助走を開始する。

白線の直前で、筋肉質の右腕を後方に引き、やりに加える反動を大きくする。

「ぐおおーっー！」

獣が咆哮するような声を発して右腕をしならせ、宙にやりを投じた。

「いけーっ！」

「飛べーっ！」

グラウンドの周囲の土手の一角に陣取った、同じ高校の選手たちが一斉に声援を送る。

やりは太陽の光を銀色に反射しながら、離陸する航空機のように一直線に上昇し、ゆるやかな弧を描き、やがて上昇時より急な角度で落下する。

審判員たちが落下地点に駆け寄り、飛距離の計測をする。

田谷は助走路の端の白線の手前で両ひざに手をあて、見上げるようなしぐさで落下点に視線をやる。高校生にしては大柄で、腕や腿《もも》は太く、いかにも身体能力が高そうな身体つきである。

「ただ今の記録ーっ……」

審判員が記録を読み上げた瞬間、田谷の高校の選手たちからどっと歓声が上がった。

県高校新記録だった。

「うわあーっ！」

「やった！　やったぞぉ！」

田谷がにやりと不敵な笑みを浮かべ、拳を突き上げた。

田谷の母校は、男子四〇〇メートル、一一〇メートルハードルを大会新記録で制し、女子も砲丸投げ、円盤投げで優勝し、陸上競技の優勝に向けて驀進《ばくしん》していた。

「よし、次は応援だ！」

やり投げの試技が終わると、田谷は同じ高校の選手たちが陣取っている場所に戻り、急いで学生服に着替え、つばが破れかけた学生帽を目深にかぶった。

あたりを払うような堂々とした物腰で、二十人ほどの応援団員たちの前に歩み出る。

「帽子を右手に高ぁーく！　光輝ある、山梨県立ーっ……」

声を張り上げ、校歌斉唱の音頭をとる。全身から種馬のような荒々しい生気が発散していた。

田谷と同じように、黒い学生帽を目深にかぶり、上着の裾が長い学生服を着た応援団員たちが、白い手袋をはめた右手に学生帽を握りしめ、振り上げ、振り下ろしながら校歌を歌う。

〽　天地の正気　甲南に

籠りて聖《きよ》き　富士が根を
高き理想と　仰ぐとき
我等《われら》が胸に　希望あり

旧制中学時代の大正五年に制定された校歌は、凱旋《がいせん》歌のように威風堂々とした調べである。

田谷が進んだ高校は、寛政年間に創設された甲府学問所（のちの徽典館《きてんかん》）の流れを汲《く》み、明治三十四年に創設された旧制中学が前身だ。

校訓は「質実剛毅《ごうき》」、気風はバンカラ。校舎は山梨市の南寄りに位置し、すぐ近くを笛吹川が流れている。

〽至誠の泉　湧き出《い》でて
流れも清き　峡東の
水に心を　澄ましなば
未来の春は　輝かむ

団員の一人が、ペンと剣を星の形に重ね合わせた校章と三本の白線を縫い込んだ紫色の大きな校旗を掲げ、それが風の中で翻《ひるがえ》る。ドンドンドンドンという腹に響く大太鼓の音に乗って、団長の田谷が「そらぁーっ」「おいっ」とかけ声をかけ、腕を大きく振り回して指揮をとる。

小学校時代、悪さの限りを尽くした田谷は、中学に入ると抜群の運動神経を生かしてスポーツに打ち込み、高校に進むと陸上部、ラグビー部、相撲部に所属した。リーダーシップと声の大きさを買われ、応援団長も務めていた。

陸上競技での母校優勝に貢献した翌日の県高校総体二日目、田谷はラグビーに出場し、決勝で甲府工業に敗れたが、チームを準優勝に導いた。

母校は総合得点二百二十点を上げ、二位の甲府工業、三位で前年度優勝校の甲府一高を抑え、念願の県高校総体男子総合優勝を果たした。

同じ頃——

オリエント・レディ社長の池田定六は、都内の百貨店の婦人服売り場を訪れていた。

三階にある売り場には、天井の丸い蛍光灯から明るい光が降り注ぎ、木とガラス製の陳列カウンターの周囲や平場で販売員たちが接客をしていた。

「うわぁ、きれい！」

「素敵だわねえ」

売り場の一角に展示されたドレスに、婦人客たちが見とれていた。

並んだマネキンは、白や淡い青や紫のドレスを着ていた。

腰のところがきゅっと括《くび》れ、裾の広い優雅なロングスカートが多いが、黒のタートルネックにチェックのワンピースという落ち着いたデザインもある。

「これ買うと、女優さんのサイン入りブロマイドも付いてくるそうよ」

「いいわねえ！　ブロマイドだけでも欲しいわ」

洋装や和装の婦人客たちは上気した顔で話し合っていた。

「池田さん、大成功ですな」

整髪料で頭髪を整え、仕立てのよい背広を着た百貨店の婦人服売り場の責任者が、少し離れた場所で、婦人客たちの様子を見ながらいった。

「御社のご協力のおかげです。誠に有難うございます」

背広姿の池田は、小柄な身体を折り曲げ、深々と頭を下げた。決して驕《おご》らず、「生涯一丁稚」がモットーだ。

「しかし、初めて見たときは、こんなハイカラなものが売れるのかと思いましたが……。よく思い切ってデザインされましたねえ」

「はあ、サンフランシスコにいる兄弟が、前々からあちらの雑誌を送ってくれてたもんで、いずれ日本でも、女性がこういうものを着るような時代がくると思っておりました」

池田は、米国の雑誌やカタログを見て思い描いていた婦人服を、満を持して「シネマドレス」というブランドで売り出した。

日本では相変わらず洋裁学校が盛況で、前年の時点で全国約二千四百校に三十六万人ほどの生徒が通っていたが、新素材の開発によって既製服の品質が飛躍的に向上したのを機に、新ブランドの売り出しに踏み切った。

「それにしても、よくこれだけ、名だたる女優さんたちを集めたもんですね」

各マネキンの前には同じ洋服を着た、有馬稲子、若尾文子《あやこ》、岸恵子《けいこ》、淡路恵子、北原三枝、浅丘ルリ子、南田洋子、山本富士子、香川京子、月丘夢路などのトップ映画女優のサイン入りポートレートが飾られていた。撮影したのは早田雄二や松島進ら、女性撮影の第一人者と呼ばれるカメラマンたちだ。

「やはり世間をあっといわせませんと、せっかくの商品も売れませんから」

オリエント・レディの「シネマドレス」は、デザインの斬新さ、素材のよさ、そしてインパクトのある宣伝によって、爆発的なブームを巻き起こした。

「これでオリエント（・レディ）さんも、百貨店業界に一気に食い込めましたなあ」

「はい、おかげさまで」

三越との取引をテコに大手百貨店との取引を始めてはいたが、まだ量は多くなく、会社全体の売上げの二割にも達していなかった。百貨店との取引を拡大することが、池田の念願であった。

同じ頃、神田東松下町のオリエント・レディの事務所では、一階と二階の畳の間をすべて使って、大わらわで「シネマドレス」の箱詰め作業が行われていた。それぞれの箱に、映画女優たちのブロマイドが同封されていた。

店先からは、商品の箱を満載した自転車、オート三輪、小型トラックなどが次々と発車し、界隈《かいわい》でもめったにない繁盛ぶりに近所の人々が目を丸くしていた。

この年、オリエント・レディは、前年同期比六七パーセント増という高い伸びを達成し、売上げは二億九千二百万円を記録した。

十二月――

山梨県の柿ノ塚村の「五反百姓」田谷家で、田谷毅一の父親が声を荒らげていた。

「……勝手に願書なんか出しやがって！　早稲田に受かったって、誰が入学金を払うちゅーだ!?」

野良着姿で仁王立ちになった父親は、険しい形相で毅一を睨《にら》みつけた。農作業と酒で肌が赤茶色に焼け、筋ばった手の指はタバコのやにで黄ばみ、爪には黒い土が詰まっていた。

「………」

田谷毅一は正座し、ほうぼうがささくれ立った畳を黙然と見つめていた。今しがた父親に殴られた左の頰が赤くなっていた。父親より身体が大きく、腕力も強かったが、じっと我慢していた。

薄暗い茶の間には、使い古した卓袱台《ちゃぶだい》や古時計、日めくりなどがあるくらいだが、部屋の一角に毅一が各種のスポーツで獲得したトロフィーや盾が燦然《さんぜん》と並べられていた。相撲では、のちに大相撲の小結富士錦になる甲府商業の渡辺章《あきら》に勝ったことがあり、去る十月に福島県で開催された第七回国民体育大会にも出場した。

(クソッ、家がこんな貧乏じゃなけりゃ、大学に行けたのに……!)

勉強は特にできるほうではなかったが、できないというわけでもなく、英語などは好んで勉強し、教師にも可愛《かわい》がられていた。しかし、実家は田畑を含めて売れるものはすべて売り払い、あちらこちらに借金をして、ようやく食いつないでいた。その借金も約束どおり返せないので、世間からは冷たい目で見られ、四面楚歌《しめんそか》の状態である。

「毅一、お父さんのいうとおりだよ。せっかく甲府の建設会社に就職が決まったんだから、そこで真面目に働くのが一番じゃねーけ」

卓袱台のところで繕《つくろ》い物をしていた母親がいった。

まだ五十の手前だが、数年前に病気を患い、ほつれ気味の頭髪には白いものも増え、面《おも》やつれしていた。

「毅一、大学の勉強なんか、社会に出たら、なんの役にも立たんぞ。早く仕事の経験を積むのが一番だ。せっかくいい会社に入れてもらえるんだから」

父親がいった。

「おやじ……」

それまでじっと話を聞いていた毅一が口を開いた。

「俺、東京に行きてえんだ！」

思いのたけを吐き出すように、苦しげで真剣な表情でいった。

「東京に行って、自分の力を試してみてえ！」

働いて金を貯《た》めれば、大学にも行ける可能性があると考えていた。そのためにも、大学が多い東京に行きたかった。通っていた高校は文武両道の名門校だが、家が貧しい者も少なくなく、そういう生徒たちは卒業して何年か働き、金を貯めて大学に進学している。

「東京に行って、なにをするっちゅーうだ、ああっ？」

父親が険しい目で毅一を睨む。

「働くよ。一生懸命働いて、家に迷惑はかけんよ」

「働くったって、お前……、どこで働くっちゅうだ？」

「これから探す。これから探すさ！」

「これから探すだとーっ……」

「お願いだ。俺を東京に行かせてくれ！　このとおりだ！」

筋骨隆々とした身体を丸め、額を畳にこすりつけるように何度も頭を下げた。

心の中では、そもそもあんたらに甲斐性《かいしょう》がねえから、大学にも行けねえのじゃんか、と悪態をついていた。


翌年（昭和二十八年）三月――

学生服姿の田谷毅一は、山梨から東京に行く鈍行列車に揺られていた。荷物は身の回り品を入れたズックのリュックサック一つだけである。

ガタタン、ガタタンと鉄路を踏み鳴らし、列車は東へ向かっていた。

進行方向右手の窓の向こうには、広々とした平野が開け、遠くに笛吹川が長い帯のように鈍い銀色の光を放っていた。彼方《かなた》には、富士山が大きな姿を見せている。

これから山をいくつも越え、うんざりするほど多くのトンネルを抜けた先に東京がある。

戦後間もない山梨県は貧しく、長男以外は県外に働きに出るのが普通である。盆地特有の閉塞感もあり、若者たちは、あの山の向こうに幸せがあるという、憧憬《しょうけい》と脱出願望に駆り立てられ、東京や神奈川に出て行った。

毅一は七人の子どもの中で唯一の男だったので、普通なら家業を継ぐところだが、「五反百姓」の猫の額のような田畑では、食うや食わずになるのは目に見えていた。

東京での就職先は、オリエント・レディである。父親が、すぐそばの池田家に頼み込み、神田東松下町にも出向いて池田定六に頭を下げた。毅一にとっては、当初内定をもらっていた甲府の建設会社と違って、どういう仕事をするのか見当もつかなかったが、他に選択肢はなかった。

ガタタン、ガタタンと鉄路を踏み鳴らす列車の窓から、毅一はじっと外を眺めていた。スポーツでは脚光を浴びたが、貧しいために辛《つら》い思いをしたり、人から冷たく扱われることも多かった。故郷に対しては、愛憎入りまじった気持ちで、すべてを捨てて東京に出ることに、せいせいした思いもある。

都会の仕事も暮らしも未知で、不安がないといえば嘘《うそ》になるが、やればなんでもできるような気もしていた。人並み外れた身体能力が一番の自信の源だった。それがやがて、郷里を出たときには想像もしていなかった富と地位をもたらし、最後は自分を破滅させることになるとは、このときは知る由もなかった。

毅一は四時間近く鈍行列車の硬い座席で我慢し、ようやく東京に着いた。

初めて見た東京は、混沌《こんとん》とした風景の中で、人間の生命力が渦巻いているような街だった。

あちらこちらに闇市の跡が残り、黒ずんだ掘っ建て小屋が湧いたように蝟集《いしゆう》していた。埃《ほこり》っぽい道を、前部が突き出たボンネット・バス、オート三輪、キャデラックやポンティアックなどの大型外国製乗用車、前年に運行が始まった都営トロリーバス、路面電車、リヤカー付き自転車などが行き交い、銀座や丸の内には山梨では見たこともないような六、七階建ての百貨店やビルが並んでいた。道行く女性たちは、二年ほど前から流行り出したコールドパーマをかけ、洒落たヘアスタイルにしている。

学生服姿でリュックサックを背負った田谷は、国鉄神田駅で電車を降りると、通行人たちに道を訊きながら、東松下町十八番地のオリエント・レディを目指した。

駅から二〇〇メートルあまりの道を迷い迷いしながら、ようやく木造モルタルの二階建ての店に辿り着くと、社員や取引先が忙しく出入りし、オート三輪や自転車で荷物が搬出入されていた。

店内を覗き込むと、何人かの社員たちが集まって、土間に置いた段ボール箱を見下ろしていた。

「……まったく、ひでえことしやがるなあ」

「裏地の縫い目がちょっとほつれてるのが一着あっただけで、箱ごと商品を送り返してくるんだからなあ」

「デパートってのは、高慢ちきだよな」

「あいつら、平社員でも、取引先の社長を平気で待たせて昼飯に行くんだぜ」

そのとき、二階から眼鏡をかけた小柄な男が駆け下りてきた。

「この馬鹿者！」

ごんごんごんと、段ボール箱を覗き込んでいた社員たちの頭にげんこつをくらわせた。背の高い者には飛び上がるようにして殴る姿は、どこかユーモラスでもある。

「お前ら、こんな間違いをして、恥ずかしいと思わんのか!?」

眼鏡の男は、三十八歳の社長池田定六だった。

「申し訳ありません！」

殴られた社員たちは、先ほどまでの態度とは打って変わって、気を付けの姿勢で頭を下げる。

「たとえほんのちょっとしたほつれであっても、決してあってはならない。縫った者も、箱詰めをした者も反省しろ」

「はいっ」

「オリエント・レディの商品は完璧でなくてはならん。信用を築き上げるのは何年もかかるが、失うのは一瞬だぞ」

「申し訳ありませんでした！」

「分かったらすぐやり直せ。もう一度全部点検するのだぞ。それが終わったら、俺が先方に届けて謝るから」

「はいっ」

男たちは急いで作業に取りかかる。

（これは、厳しそうなところだな……）

店内の様子を見ていた田谷毅一は、ごくりと唾を呑んだ。

もとより尻尾を巻いて帰るわけにはいかず、覚悟を決めて飛び込むしかない。

「あのう、すいません。柿ノ塚村から参りました、田谷毅一です」

太い声で遠慮がちにいうと、畳の間に上がっていた池田が振り返った。

「おう。田谷さんところの毅一君か。話はお父さんから聞いておる」

「はい。本日から宜しくお願《ねげ》えーします」

学生服姿の田谷は、元応援団長らしくきびきびと頭を下げた。

「うむ。じゃあ今日から早速働いてもらおう。……おい、誰か二階に案内して、荷物を置かせてやれ」

二階の畳の間は、生地の裁断作業などに使われているが、夜は倉庫兼寝泊まりの場所になり、五、六人の男の独身社員たちが、うずたかく積み上げられた反物や商品の間で寝起きしていた。

3

翌年（昭和二十九年）秋――

神田東松下町十八番地にあるオリエント・レディでは、いつものように従業員たちが、電話をしたり、帳簿をつけたり、荷造りをしたり、下職《したしよく》の縫製業者から商品を受け取ったり、商品を積んだダットサンのトラックやバイク、自転車で店から出発したりしていた。

土間の正面上の壁には、「春風をもって人に接し　秋霜をもって自ら慎む　よく汝《なんじ》の店を守れ　店は汝を守らん　信用は信用を生む」という墨書《すみがき》の額が掛かっている。幕末の儒学者、佐藤一斎《いつさい》と、米国の政治家で物理学者、ベンジャミン・フランクリンの言葉をもとに、社長の池田が作った社訓である。

「……それじゃあ、行ってきまぁーす」

午後、田谷毅一は、メリヤス（ニット製品）の婦人服の大きな包みを荷台に縛り付け、自転車にまたがった。

二十歳になって間もなかったが、少しでも大人に見られるよう、黒々とした頭髪をオールバックにしていた。

「ご苦労さん。伊藤さんにくれぐれも宜しくな」

店先にいた池田定六が田谷に声をかけた。

「はいっ！　行って参ります」

田谷は、衣料品の小売店や問屋が軒を連ねる狭い通りを、一〇〇メートルほど先の昭和通りに向かって太い筋肉質の足で自転車をこぎ、昭和通りに出ると左折し、北の方角を目指す。

埃っぽい通りを、車や馬車にまじって、都電二十一系統の路面電車が、水天宮と北千住の間を往復している。

空襲で一度焼け野原になった東京の街は、かなり遠くまで景色を見通せる場所が多い。間もなく、ラジオ部品の闇市から始まった秋葉原の街が現れ、無数の小さな電器店が、色づき始めた街路樹のイチョウとともに後ろに流れ去っていく。

通り沿いの映画館には、この年ヒットした『七人の侍』（三船敏郎主演、黒澤明監督）、『二十四の瞳』（高峰秀子主演、木下惠介《けいすけ》監督）、『ローマの休日』（オードリー・ヘップバーン主演、ウィリアム・ワイラー監督）などのポスターが張られている。

道行く人々は洋装が多い。特需景気をもたらした朝鮮戦争は前年七月に休戦になったが、日本経済は力強く高度成長への道を歩み始めていた。

既製服の時代に向かう変化も出てきていて、伊勢丹では、注文仕立てが普通だった婦人服のイージー・オーダーが昨年暮れから始まった。あらかじめ何種類か型を用意し、客の体型に応じて細部を調整し、仮縫いなしで仕立てるやり方だ。一方、関西系の大丸は、昨年十月にクリスチャン・ディオール（仏）と独占契約を結び、大阪、京都、神戸でショーを開催し、人々の購買意欲を刺激した。

「はっ……はっ……はっ……」

田谷は、リズムをとるように呼吸し、時おり、首に巻いた手ぬぐいで顔や首の汗を拭《ぬぐ》いながら、前傾姿勢で自転車をこぐ。

店を出て一・五キロメートルほどで、左手に上野駅が見えてきた。昭和七年に建てられ、戦災を免れた駅舎は、三階建ての飾り気のない洋風建築だ。駅前で何本もの道が交差し、アメ横と呼ばれる路地には食料品や衣類を商う店が並び、買い物客でにぎわっている。

時刻は午後三時になるところだった。

暑いくらいの日で、西に移動中の太陽が後方左手からじりじりと照り付けてくる。

上野駅から一キロメートルと少しで、「入谷《いりや》の鬼子母神」こと真源寺が左手に見えてくる。

「〽はーは（母）は、来ましーいたぁ、今日ぉも、来ぃたー。こぉの岸壁ぃにぃ、今日も来ぃたー」

自転車をこぎながら田谷は、この年大ヒットした菊池章子《あきこ》の『岸壁の母』を口ずさむ。中国とソ連からの引揚者を乗せた興安丸を舞鶴港で待つ母の姿を歌ったものだ。朝鮮戦争の勃発で一時中止されていた大陸からの引揚げは、前年に再開され、悲喜こもごもの中、今も続いている。

店を出て四キロメートルほどで、明治通りと交差する大関横丁に差しかかった。ここから昭和通りは日光街道（国道4号）に名前が変わる。

（喉が、渇いてきちゃったな……）

道は隅田川のほうへと向かう下りになり、ペダルが軽くなる。

やがてアーチ型の橋桁を持つ千住大橋が現れる。橋の下に視線をやると、隅田川は流れが止まったかのような茶色い水を湛《たた》えていた。

橋をすぎると、道は右に左に小さなカーブを描きながら続く。

後方から茜《あかね》色がかった陽《ひ》の光が降り注ぎ、街が燃え上がるように輝いて見える。

「はっ……はっ……もうすぐだぞぅ！」

隅田川を越えて一・三キロメートルほどで、北千住駅に通じる十字路に差しかかった。

車の波に注意しながら右折して通りを横切り、駅まで七〇〇～八〇〇メートル続く商店街に入ると、衣類、食料品など生活雑貨を並べた商店が軒を連ねている。

商店街に入って五〇メートルほどのところの左手に、木造二階建ての店があった。表に自転車が二台停《と》まり、大きなビニールの庇《ひさし》がある店頭に、衣類や軍手などが積み上げられていた。二階部分の前面は大看板で、「ＹＯＫＡＤＯ」というローマ字と、「ヨーカ堂」という日本語で店名が表示されている。店は一階部分だけで、二階は店主一家の住居になっている。

田谷以上に大柄な男が、店先で商品を並べていた。

「伊藤さーん、メリヤス持ってきました！」

自転車を店先に停め、田谷が満面の笑顔でいった。

「おお、田谷君、有難う！　いつもすまんねえ」

のちに巨大チェーンストア、イトーヨーカ堂の社長になる伊藤雅俊であった。頬がふっくらとし、穏やかな人柄を感じさせる風貌で、年齢は田谷より十歳上の三十歳である。

店は、浅草山谷《さんや》三丁目にあった伊藤の叔父の店を暖簾《のれん》分けしてもらったもので、この頃は「羊華堂」といった。銀座にあった日華堂という繁盛店にあやかり、叔父が未《ひつじ》年生まれであったことや、洋品を扱う店であることが店名の由来だ。

「よう田谷君、いつもご苦労さん。おたくの商品、よく売れるんで助かるよ」

店内から、色が浅黒く、彫りの深い顔をした中年の男が姿を現した。伊藤雅俊の十三歳上の異父兄・譲《ゆずる》で、羊華堂の創業者だ。喘息《ぜんそく》の持病を抱えながら、一家の大黒柱として懸命に働き、自身は小学校しか出ていないが、弟の雅俊を横浜市立横浜商業専門学校（現・横浜市立大学）に行かせた。

「いつも有難うございます！　池田からもくれぐれもお礼を申し上げるよう、仰せつかっております」

田谷は伊藤兄弟に最敬礼し、商品の包みを差し出す。

この間にも、買い物客が二人、三人とやってきて、割烹《かっぽう》着《ぎ》姿の伊藤の妻や、住み込みの店員たちが接客していた。店は繁盛しており、シャツ、下着、ベルト、ネクタイ、帽子などがうずたかく積み上げられ、天井から靴下や軍足《ぐんそく》が束になってぶら下げられていた。

北千住は、銀座や上野から見ると田舎だが、菓子、履物、雑貨などの町工場が集まり、国鉄常磐線《じょうばんせん》、東武伊勢崎線で郊外の農村ともつながっているので、大きな消費地だ。夜になっても客足が絶えないので、羊華堂は朝九時に開店し、夜九時、十時まで店を開けている。

「ちょっと、お水頂いてもよろしいでしょうか？」

首に巻いた手ぬぐいで顔の汗を拭いながら、田谷が伊藤雅俊に訊いた。

「おう、どうぞどうぞ。好きなだけ飲んでくれ」

「有難うございます！」

田谷は店の裏手に回り、大きな手でポンプをガシャ、ガシャと動かし、井戸水をごくりごくりと美味《うま》そうに喉に流し込む。そばに中庭があり、トマト、ナス、キュウリなどが植えられていた。

「いやあ、ほんと悪いなあ。日に二度もきてもらって」

手ぬぐいで口の周りを拭《ふ》きながら戻ると、伊藤の兄がいった。

羊華堂は品物を現金で安く仕入れ、ぎりぎりの薄利しか乗せない正札販売なので、売れ残りを避けるため、前日に売れた分だけ仕入れるという手堅い商売のスタイルを貫いている。

この日はよく売れ、品物が足りなくなったため、田谷が北千住と神田を二往復して商品を届けた。

「あらあら田谷君、いつもご苦労様。よかったら晩御飯食べて行かないかい？」

眼鏡をかけた、品のよい初老の女性が店内から現れた。

帳場を預かっている伊藤兄弟の母親ゆきであった。

売れ筋の商品を迅速に届けてくれる田谷青年は、伊藤一家に可愛がられていた。

「有難うございます。でも、今日はまだ仕事がありますので、お気持ちだけで」

田谷はきびきびといって、頭を下げる。

「そうなの。じゃあ、これ持って行きなさい」

ゆきは、大福餅を二つ新聞紙にくるんで差し出した。

「有難うございます！ 頂きます」

田谷は両手でそれを押し頂いた。


数日後——

日がとっぷり暮れた神田東松下町のオリエント・レディの店に、営業に出ていた男たちが帰ってきていた。

「今日は四十枚も売れたぞ」

「そりゃー、すごいなあ！」

「お前は何枚？」

「いや、今日は二十枚も売れんかった。わざわざ遠くまで行ったのに……」

若い社員たちはバイクや自転車から降りると、お互いにその日の成績を話し合うのが常である。

「ただ今戻りました」

筋肉で盛り上がった両腕で自転車のハンドルを掴み、サドルから降りた田谷毅一がいった。顔は埃と汗で汚れ、シャツから白い塩をふき出した姿は動物的な生命力を感じさせる。

「田谷、今日はどうだった？」

そばにいた先輩社員が訊いた。

「いや……今日は、あまり売れませんでした」

普段は誰よりも早く出かけ、誰よりも遅く帰ってきて、入社二年目にして、かなりの売上げを上げている男にしては、珍しく気落ちした様子である。荷台の荷物もあまり減っていなかった。

「行く先、行く先で断られて……はあーっ」

オールバックの頭髪を片手で摑み、ため息を漏らす。

この日は、相手の足にすがるくらいの必死な気持ちで商品を売り込んだが、「現金じゃなく手形なら買ってやる」「レインコートは三陽商会だよ」などといわれ、不首尾に終わった。

「三陽のレインコートなあ……。うちももうちょっと工夫せんといかんよなあ」

昭和十八年に東京・板橋区で創業し、銀座に本社を構える三陽商会は、昭和二十四年に第一通商（現・三井物産）を介して進駐軍から一万着のレインコートを受注したことをきっかけに飛躍したメーカーだ。同社はその年、吉田千代乃というデザイナーを起用し、地味なレインコートをお洒落着に変えた。

「まあ、こういう日もあるさ」

「はい……」

田谷が元気がなかったのは、昨晩、街で遭った愚連隊と喧嘩をして、今朝、「オリエント・レディの社員が街で喧嘩をするとは何事だ！」と池田に叱られ、げんこつをくらわされたことも理由だった。腕っぷしに自信があるので、子ども時代からの喧嘩癖が直らず、上京してからもたまにいざこざを起こしていた。

「しかしお前は、よく社長に殴られるよな」

先輩にいわれ、田谷は苦笑いするしかない。

商売に関しても池田に徹底して性根を叩き直されていた。特になにかをごまかそうとしたりすると、途端にげんこつが飛んできた。取引先や顧客には誠実を貫き、愚直なまでにものづくりに励むというのが池田の生き方だ。ただし、「商売は我によかれ、あなたによかれ、我はあなたよりちとよかれ」ともいい、抜け目のなさも持っていた。

「よし、風呂入って、悪いツキ落として、ラーメン食おう」

若手の社員たちは、持ち帰った商品をしまい、回収してきた代金を会計係に渡すと、六、七人で近所の銭湯に向かった。

全部で四十人ほどの社員の中で、独身の若い男たちは会社の二階に寝泊まりしている。しかし、風呂がないので、入浴料一人十五円の銭湯で汗を流していた。

一同はぞろぞろと、商店、自転車修理店、カフェー、理髪店、神社などが並ぶ通りを歩いて行く。

木造モルタルや波板トタンの家々が多く、壁には「伊豆椿《つばき》ポマード」「づつうにノーシン」といった琺瑯《ほうろう》の看板が掛けられ、街路灯がオレンジ色の頼りなげな光を落としていた。商店の前には自転車やリヤカーが停められ、タバコ屋の店先には、電電公社（現・NTT）が昨年から設置を始めた赤電話が置かれている。

風呂で汗を流してさっぱりすると、若手社員たちは近くの「栄屋《さかえや》ミルクホール」に立ち寄った。

ミルクホールは、明治時代に日本人の体質改善のために政府が牛乳を飲むよう推奨したことから、牛乳を提供するための店としてできたが、その後、コーヒーや食事も出すようになった。

この神田の店は、戦災を免れた木造家屋の一階にあり、ラーメン、カレー、丼ものなどのほか、夏はかき氷やところてん、冬は汁粉や磯辺《いそべ》焼きを出す。

「うめえーっ！　こっ、こたえらんねえ！」

「美味いっすねえ、ラーメン・ライス！」

オリエント・レディの若者たちは、三十五円のラーメン・ライスを食べ、ビールを飲みながら、感激の声を漏らした。

体力を消耗する営業の男たちにとって、ライス付きのラーメンは、最高のご馳走《ちそう》だ。

「こんなラーメン、山梨じゃあ食えんかったなあ！」

オールバックの髪が濡《ぬ》れたままの田谷も、盛大な音を立て、貪《むさぼ》るようにラーメンをすすった。

鶏ガラ、昆布、野菜で出汁《だし》をとり、麺は細くてこしがある。具材は、メンマ、叉焼《チャーシュー》、ネギ、小松菜、なると。濃いめの醬油《しょうゆ》味で、黒っぽいスープの中に鶏ガラの細かい油が浮いていて、汗を流したあとの若い胃袋にうってつけだ。

（ああ、美味《うめ》え！　こんな美味えものを、腹いっぱい食べられるなんて！）

仕事は辛《つら》く、給料も安かったが、食べる物も満足になかった柿ノ塚村の実家に比べれば、天と地の開きがある。

店内の一角には、普及し始めた小型の白黒テレビが置かれ、力道山が空手チョップで外国人レスラーをやっつけていた。


十一月――

一日の仕事が終わり、社員が店の前を箒《ほうき》ではき、薄暗くなった通りを、帰宅するサラリーマンやお使い帰りの子どもたちが足早にとおりすぎていた。

池田定六は、整頓が行き届いた店内の畳の間の火鉢のそばであぐらをかき、目の前で正座した田谷毅一をじろりと見た。

「……夜間の洋裁学校に行きていだって？」

「はい。週に三回、洋裁学校で勉強していんです」

黒々としたオールバックの頭髪で、頬に少年の名残のような膨らみがある田谷が、真剣な表情で答えた。

「どうして洋裁学校に行きていんだ？」

手縫いのワイシャツに黒いズボン姿の池田が訊いた。

「デザインや裁断や縫製のことを一から勉強していんです」

「ふーむ……」

池田自身、戦前、ヒツジ屋洋装店で働いていた頃、日比谷の夜間の裁断学校に半年間通って、パターンや裁断の技術を学び、それによって頭角を現した。

「学校が代々木にあるんで、授業のある日は一時間ほど仕事を早く切り上げなきゃあなりません。もちろんその分のお手当は削って頂いてかまいません」

田谷は池田の目を見ながら、殊勝な面持ちでいった。

「ふむ……」

田谷に関しては、性格も仕事もまだまだ粗削りだが、エネルギーと向上心は並々ならぬものを持っており、育て方次第では、将来会社の大黒柱にもなりうると考えていた。

「分かった。手当は削らんでいい。その代わり、人より長く働くちゅうことだ」

「はいっ！」

「それから、一度始めたら、中途で投げ出すことは許させんぞ」

「はいっ！　必ず最後までやり抜きます！」

それから間もなく――

田谷毅一は代々木の洋裁学校で授業を受けていた。

すでに陽は落ち、天井の電球が、生徒たちの頭、木製の机、椅子、壁際に並べられた黒いＪＵＫＩ（東京重機工業）のミシンなどにオレンジ色の光を降り注いでいた。

「……針目の大きさを具体的にいいますと、ミシンの縫い目は、鯨尺一寸（三センチ八ミリ）につき二十二針程度。まつりの針目は、同じ長さの間に、八針ぐらいが一番です」

手製の黄土色のスーツ姿の中年の女性教師が、黒板の前で話をしていた。

室内には作業台にもなる四人掛けの四角いテーブルが六卓置かれ、二十人ほどの女性たちが、教師の話を聞いていた。男は田谷ただ一人である。

「ここでポイントは、ヘム（裾上げ）を多めにとるということです」

毎日の営業で日焼けした田谷は、秋らしい色のフランネルの長袖シャツ姿で、太い指に鉛筆を握りしめ、食い入るような眼差《まなざ》しで教師の話を聞いていた。

「特に、子ども服の場合は、ヘムが多ければ、成長にしたがって丈を伸ばすことができるので、とても便利です」

生徒の女性たちが、「ああ、なるほどね」と声を漏らす。二十代、三十代が多く、三分の一くらいは、頭髪に流行《はや》りのコールドパーマをかけている。

それぞれのテーブルの上には、鋏、鯨尺、メジャー、針刺し、アイロンなどが置かれ、部屋の隅の書棚には「装苑」や「ドレスメーキング」などの雑誌が並べられている。

「それから脇のところにゆとりを持たせることを忘れないで下さい。きっちり縫うと、見栄えはいいんですが、電車で吊革《つりかわ》につかまったりしたとき、袖に引っ張られて、上着が吊り上がってしまいます。……ですから、ここのところを、こんなふうに余裕を持たせます」

教師はカツカツカツとチョークで黒板に上着の絵を描き、脇の部分にどうやって余裕を持たせるかを示す。

窓の外からは、付近を行き交う山手線の電車が鉄のレールを規則正しく踏み鳴らす音が聞こえていた。

その日、授業が終わったのは夜九時すぎだった。

田谷ら生徒たちが足早に代々木駅に向かう道すがらの草むらで、コオロギがピリリリリ、ピリリリリと鳴き、光に引き寄せられた蛾《が》が街灯の周りを乱舞していた。

4

二年後（昭和三十一年）五月——

神田東松下町を初夏の爽やかな風が吹き抜け、華やいだ雰囲気と、人々の拍手や笑い声が一帯にあふれていた。

家々や商店の軒先に注連縄《しめなわ》が張り巡らされ、提灯《ちょうちん》が吊るされ、大勢の人が通りに出て、車や自転車が人垣の間を縫うように走っていた。商店の前や車庫にテーブルを出して、飲み食いしている人々もいる。

「わっしょい、わっしょい！」

「わっしょい、わっしょい！」

商店や問屋が建ち並ぶ通りで、大勢の男たちが威勢よく掛け声を発し、笛や鉦《かね》の音が鳴り響き、汗が飛び散っていた。

人々の頭上で、金色《こんじき》の鳳輦《ほうれん》（鳳凰《ほうおう》を頂いた神輿《みこし》）が踊るように動き、そばで白い紙で作った御幣《ごへい》が揺れる。鳳輦は、極彩色の社《やしろ》と黒い漆塗りの屋根を持ち、鳳凰がその上に載っている。

「えいやえいや、えいやえいや！」

「せいやせいや、せいやせいや！」

鉢巻、半纏《はんてん》、白い半股引《はんだこ》に足袋姿の若い男たちが鳳輦を担ぎ、通りを練り歩いていた。担ぎ手たちは、真剣な表情や、苦しそうな表情で口を大きく開け、叫ぶように掛け声をかける。

京都の祇園祭《ぎおんまつり》、大阪の天神祭とともに日本三大祭に数えられる神田明神の神田祭であった。

この日行われていたのは、明神様が乗った鳳輦や宮神輿などが平安時代の装束をまとった人々に付き添われ、氏子のいる各町内会を回る神幸祭《しんこうさい》だ。

「わっしょい、わっしょい！　わっしょい、わっしょい！」

「わっしょい、わっしょい！　わっしょい、わっしょい！」

間もなく二十二歳になる田谷毅一も、オールバックの頭に鉢巻を巻き、半纏に半股引姿で、元気よく鳳輦を担いでいた。顔がうっすらと赤みを帯び、身体は生気にあふれ、筋肉が盛り上がった太い脚が力強く地面を踏みしめ、山梨の土の匂いを発散していた。

鳳凰が金色の輝きを放つ神輿は、右に左に揺れながら、東松下町の通りを進んで行く。

「やあ、きたか！　めでたい、めでたい！」

十八番地のオリエント・レディの店先で、紋付に袴《はかま》姿の池田定六が笑顔で扇子を使いながら、鳳輦を待っていた。池田の妻、九段の白百合《しらゆり》学園に通う高校二年生の娘、従業員たちもいた。

通りには、紋付袴の老人たち、赤ん坊を抱いた若い父親や母親、割烹着姿の商店のおかみさんたち、浴衣姿の子どもたち、ヨーヨーをしながら眺めるスカートの女の子、制服制帽姿の男の子。

ピッピー、ピッピーという呼子笛の音、鉦や太鼓の音、横笛の雅《みやび》な音、パパン、パパン、パパンという弾けるような拍子木の音、人々の話し声、香の煙、焼き鳥など食べ物の匂いと煙。

神田一帯にとって、年に一番のハレの日であった。

「そいやぁ、よいさ！　そいやぁ、よいさ！」

「そいやぁ、よいさ！　そいやぁ、よいさ！」

鳳輦は、オリエント・レディの前までくると、玄関前に立った池田の前で停まり、地面の上に降ろされた。

男の一人が、白い幣《ぬさ》を高く掲げ、頭《こうべ》を垂れた池田らの頭上で高く左右に振り、清めをする。田谷ら担ぎ手の男たちも周囲に勢揃いし、その様子を見守る。

やがて鳳輦は再び男たちによって担ぎ上げられ、次の家へと向かって行った。

その晩——

家々や商店の軒先に「神田祭」や「御祭禮《ごさいれい》」と太い文字で墨書きされた提灯が灯《とも》り、戸が開け放たれた茶の間や土間の電灯の下で、祭りの宴《うたげ》が開かれていた。

オリエント・レディの店内でも一階の畳の間に、池田の家族、社員、下職の縫製業者などが集まり、海苔《のり》巻きや稲荷寿司《いなりずし》などを食べながら、酒を飲んでいた。

「今日は、年に一度のめでたいお祭りだ。みんな、存分に楽しんでくれ」

普段は愛想のない池田が、にこにこしていった。

池田は正面奥に座布団を敷いてすわり、山梨県出身の古くからの社員たちと、湯飲み茶わんで一升瓶に入った酒や山梨のブドウ酒を酌み交わしていた。

あぐらをかいた田谷毅一は、池田と年輩の社員の会話に聞き耳を立てていた。

入社して三年が経《た》ち、池田や古参社員の会話を聞いて、仕事の知識を貪欲に吸収するのが癖になっていた。

趣味を持たない池田は、こういう場でもたいてい仕事の話をしていた。この日は「オンワード」の「ホフマンプレス」について、「うちもああいう機械を入れんといけんなあ」としきりにいった。

（ホフマンプレス……）

田谷も取引先から、一、二度聞かされたことのある機械だ。

紳士服業界の大手、オンワード樫山《かしやま》(正式社名は樫山株式会社)は、昭和二十五年に八百万円(現在の二億九千万円程度)という大金をはたいて米国から蒸気プレス機を輸入した。洋服を上下から挟んで一気にプレスするので、着崩れしない均一の品質を実現し、かつ生産スピードを数倍にし、既製服の大量生産に先鞭《せんべん》をつけた。

「おい、田谷、どうした? 一人で黙って飲んでて」

先輩社員がやってきて、田谷の湯飲み茶わんに一升瓶でブドウ酒を注《そそ》いだ。

「有難うございます」

田谷も先輩の茶わんにブドウ酒を注ぎ返す。

つい先日、雨の夜も風の夜も週に三回、一年半通った代々木の洋裁学校を修了し、デザイン、裁断、パターン、縫製などの技術をしっかり身に付けた。仕事は相変わらず営業だが、裁断作業の人手が足りなければ鋏をふるい、縫製作業が遅れ気味のときは、女性たちにまじってミシンを踏むオールマイティの働きで、池田に重宝されるようになっていた。

「ところで吉村さん、今日は見えなかったですねえ」

湯飲み茶わんを手に田谷がいった。

吉村というのは、地方の営業を担当している中年の男だ。オリエント・レディは全国に販売網を広げ、吉村ら数人の営業マンたちが国鉄で出張して取引先を開拓していた。

「吉村さん、とうとう倒れたっちゅうぞ」

ブドウ酒で顔を赤らめた先輩社員がいった。

「えっ、倒れた!?」

「おう。いつも週末に夜行列車で東京を出て、一週間とか二週間売り歩いて、二、三日東京に戻ったと思ったら、また週末の夜行で遠くに出かけて行くっちゅうだから、身体もおかしくなるら」

いわれてみると、吉村はいつも疲れた様子だった。

「しかも商品を売るだけじゃねくて、機屋《はたや》（生地メーカー）を回ったり、糸の買い付けをしたり、社長にこまごまとした用事もいいつけられて、たまったもんじゃねえぞ」

「代わりは誰がなるでえ？」

「今度はもっと体力のある人間を後任にするずらな。……まあ、お前は体力あるけど、さすがに若すぎて、白羽の矢が立つことはねえずらけどな」


翌月——

田谷毅一は、愛知県一宮《いちのみや》市を訪れた。

愛知県尾張地方と岐阜県西濃地方を合わせた尾州《びしゅう》は、木曽川の豊かな水の恩恵を受け、奈良時代よりも前から織物が盛んで、日本の毛織物の生産量の約八割を占める。

一宮市は尾州織物の一大産地である。昭和二十年七月、二度にわたって米軍の空襲を受け、三日三晩燃え続けた。市街地の八割は灰燼《かいじん》に帰し、濃尾平野のほぼ中央に位置していることもあり、だだっ広い印象の土地である。

田谷は、名古屋から名鉄名古屋本線で名鉄一宮駅まで出て、そこで名鉄尾西線《びさいせん》の電車に乗り換えた。

日本で七番目に長い大河、木曽川が、愛知と岐阜の県境を縁取るように流れ、豊かな水を利用した水田が見渡す限り広がっていた。南東を除く三つの方角には、低くなだらかな山々が青みがかった写真のように連なっている。

田谷は十分ほど電車に揺られ、停車駅の一つで赤い電車を降りた。

ガッシャン、ガッシャン、ガッシャン、ガッシャン……

あたり一帯に、合奏するような機械の音が響き渡っていた。

(これは、織機《しょつき》の音ずらか……？　電車を降りただけでこんだけ聞こえるちゅうことは、そばに行ったら、どんだけけたたましいずらな？)

改札を出ると、書類やそろばんで不恰好に膨れた合成皮革の黒い鞄と商品の見本を入れた風呂敷包みを両手に提げ、取引先である古川毛織工業を目指して、曲がりくねった道を歩き始めた。

あちらこちらに独特の鋸《のこぎりがた》形の屋根の工場が建ち並んでいた。糸や布地の色を常に同じ明るさで見極めるため、直射日光が差し込まないよう、すべての窓を北向きに作ってあるためだ。

（あれは、女工さんずらな……）

お使いかなにかに行くような風情で、白い半袖シャツの若い女性二人が、足早にすれ違った。年の頃はまだ二十歳前で、地方出身者と思《おぼ》しい朴訥《ぼくとつ》とした雰囲気を漂わせていた。

ガッシャン、ガッシャン、ガッシャン……

近く、あるいは遠くに聞こえる規則正しく絶え間ない音の中を、生地を満載したオート三輪が走り、反物ではない、なにかごつごつした品物を包んだ大きな風呂敷包みを背負った中年の男が足早に道を歩いていた。

（あれ、あそこにも……）

一軒の立派な家の門を、大きな風呂敷包みを背負った男が入って行った。

やがて田谷は、古川毛織工業近くの用水路まできた。

ガッシャン、ガッシャン、ガッシャン……

徳川家康の時代に造られた用水路沿いに二十軒くらいの鋸形屋根の工場が建ち並び、けたたましい騒音を発していた。長靴でなにかを踏みつけているようにも、馬がいななきながら蹄《ひづめ》を踏み鳴らしているようにも聞こえる。

古川毛織工業は、立派な門の正面奥に、鋸形屋根の工場があり、その左右の家屋は瓦屋根・二階建ての大きなもので、旗本屋敷のように堂々としていた。

大正時代に創業された老舗で、商品（布地）の企画と販売も行う親機《おやばた》である。下請けに、たくさんの子機《こばた》（布地を織るだけの業者）を使っている。

「ごめんくださーい。オリエント・レディから参りました田谷毅一と申しまーす」

織機の騒音に負けないよう、精いっぱい声を出した。

「ああ、どうもいらっしゃいませ。こちらへどうぞ」

事務員らしい中年女性が現れ、田谷を迎えた。

敷地内には松の木が植えられ、瓦屋根の建物は、事務所、倉庫、社長一家の住まい、女工たちの寮などに使われている。

田谷は、事務所で壮年の社長に会い、池田定六の伝言を伝え、生地の端切れを束ねて冊子のようにした「バンチブック」（生地見本帳）を見ながら、買い付けの商談を済ませると、そろばんを鞄の中にしまって社長に訊いた。

「ところで、さっき道で、大きな風呂敷包みを背負った人を二人見かけたんですが、あれはどういう人たちなんですか？」

「ああ、そりゃあきっと骨董品屋《こっとうひん》だに」

痩せた身体の上に小さな頭が載った社長が、実直そうな笑みを見せた。

「骨董品屋?」

「うん。今、機屋《はたや》は景気がええもんで、作ればいっくらでも売れる。金の使い道に困っとる機屋が、骨董品を買うんだがね。風呂敷包みを背負って、このあたりを二、三時間まわりゃあ、みな売れてまうらしい」

「へえーっ、『ガチャマン』景気というやつですか?」

「『ガチャマン』だけでなしに、ほかのどの産業も、えらい景気がええもんで、そりゃあおそがい(恐ろしい)くらいだに」

日本は、造船、鉄鋼、海運といった重厚長大産業が牽引《けんいん》役となった神武景気(昭和三十年頃~三十二年六月)の真っ只中《ただなか》にある。

「ようさん(たくさん)儲けた機屋の中には、家業は長男に継がして、次男、三男は医者にさすいう連中もおるがね」

「どうして医者なんですか?」

「まっと(もっと)儲けようちゅうわけだわ」

作業服姿の社長は、愉快そうに笑った。

「社長さんのところも?」

「いやぁ、うちはいかんですわ」

社長は渋い表情で首を振る。

「こないだ一千万円引っかかってまった。借金返すだけで、いっぱいいっぱいだで」

販売代金の回収ができなくなったということだ。

「それは大変ですね……。ところで社長、是非、工場を見学させて頂けないでしょうか？」

「工場を？　もちろんええけど、なんで？」

「はい。御社のお仕事を少しでもよく理解したいんです」

「ほう、えらい勉強熱心だな」

田谷は、倒れた吉村という地方担当の営業マンの代わりを志願してその後任になった。

それは尾州、新潟、山形、浜松、泉州、桐生など、日本各地にある機屋、ニッター、原糸メーカー、染色整理加工業者などを訪れ、知識を蓄え、自分の武器にしようと考えたからだった。複雑な工程を経て作り上げられる婦人服のすべてを理解すれば、よりよい品物を作ることができ、顧客にも自信をもって売り込むことができる。

「ほんなら、行こまいか」

社長が椅子から立ち上がり、田谷はそのあとに従う。

工場は、天井が二階まで吹き抜けの鋸形屋根の建物で、出入り口には商品を置けるように簀《す》の子《こ》板が敷かれ、壁には「天皇陛下御献上」という表題の賞状が金色の額縁に飾られていた。昨年の第七回全日本紳士服技術コンクールで選ばれ、天皇陛下に生地が献上されたことを称《たた》えるものだった。

工場内に足を踏み入れると、モーターの熱で少し暑く、機械油の匂いが立ち込めていた。

ガッシャン、ガッシャン、カッシャン、カッシャン……

騒音のため、工場内では、大声で話さないと聞こえない。

油で黒光りする十台ほどの織機がずらりと並んだ風景は、大型船の機関室のように見え、頭上の北向きの窓から均質な外光が入ってきていた。

ときおりどこかの機械で、急に騒音が止《や》む。

糸が切れたりすると、自動的に機械が止まるようにできているのだ。

「これはシャトル式の『ションヘル』いう織機です」

一台の機械の前で、社長がいった。

「ションヘル……」

田谷が、ノートと鉛筆を手に、目の前の機械を見つめる。

手織りの織機の原理を動力化したシンプルな構造であった。最初に、ドイツのションヘル社（Schönherr GmbH）製のものが伝来し、その後、日本国内で製造されたものだという。

人の頭の高さぐらいある、横幅五メートルほどの織機が、ガッシャン、ガッシャン、カッシャン、カッシャンと、休みなく動き続けていた。

「この金串みたいなもんは、綜絖《そうこう》っちゅうんですわ」

織機の端から端までぶら下がった銀色の薄い金串のようなものを指さして社長がいった。

長さは四〇センチほどで、自転車のタイヤのスポークが無数にぶら下がっているように見える。

綜絖《そうこう》は、経糸《たていと》を上下に動かして隙間を開いたり閉じたりし、開いたときに鰹節《かつおぶし》のような形の木製のシャトル（杼《ひ》）が左右に素早く走って、経糸に緯糸《よこいと》を絡めていく。けたたましい音は、機械がシャトルをハンマーで叩いて打ち出す音だ。

そばの別のションヘルでは、若い女工が、織り込む前の長い経糸を一本一本綜絖の穴に通していた。

「これで、何本くらいあると思う？」

経糸を綜絖の穴に通している女工のそばで、社長が訊いた。

「うーん……、三千本くらいですか？」

「六千本だに」

「六千本!?」

「全部通すのに一日から三日かかる。綜絖通しの競技会なんかもあって、速さを競うてる」

　田谷はうなずき、懸命にメモを取る。

「たとえば縦縞《たてじま》模様を入れよう思ったら、濃紺の経糸三十本ごとに白い経糸を二本入れる。ほうすると上着なんかに使う縦縞の生地ができるんやわ」

「なるほど」

「このションヘルの経糸の張りは、緩《ゆる》くて遊びがあるやろ？」

　社長が通された経糸に指で触れ、少し押して見せる。

「そのおかげで、手触りが柔らこうて、伸縮性があって、弾性回復率も高い、手織りに近い風合いの生地が織れるんですわ」

「うーむ……」

「経糸は一度取り付けると変えられせんけど、緯糸の種類や密度を変えて、模様を変えるわけだわね」

　社長が、綜絖通しの作業を黙々と続ける女工を見ながらいった。

「太い糸、細い糸、いろんな糸があるんだわ。ほれをうまい具合にかけ合わせたら、複雑で風合いのある生地やら、手触りのええ生地やら、いろんなもんができる」

「設計図みたいなものは、あるんですか？」

　社長はうなずき、女工の手元に置かれたデザイナーの指示書を田谷に見せた。

「意匠紙」というタイトルがつけられた細かい升目の方眼紙で、二種類の濃淡の鉛筆でデザインが描き込まれていた。糸の本数や完成品の長さと思しい数字も書かれているが、わりと簡単なものだ。

「この程度の指示書で、細かいところまでできるんですか？」

「これだけでは、全部は分からんです。あとはこっちが先方さんの意図を読むちゅうことだわね」

「うーむ、名人芸ですね……」

「うちのションヘルは、たいがい昭和の初めからずーと使っとる古い機械ばっかですわ。まー、本当にどえらい機械だがね」

社長は感じ入ったような口調でいった。

「細い糸を高密度に織って、皺《しわ》ができにくい生地にしたり、撥水性《はっすいせい》のある生地にしたりもできるんだわ」

「そうなんですか」

「この綜絖の糸を通す穴を綜絖目いうてね。何年も使い込んどると接触面が柔らこうなって、細い糸をかけても、糸を傷つけんようなって、繊細な織物になる」

社長はずらりとぶら下がった綜絖の一本の真ん中あたりにある綜絖目を指さしていった。

「それにしてもものの凄《すご》い音ですね」

「わたしんらあは生まれたときからこういう環境で育っとるもんで、慣れてまったわ、はっはっは」

ガッシャン、カッシャンという騒音は、朝六時頃から始まり、夜十時から十二時頃まで、あたり一帯で響き渡っているという。

「ところで女工さんたちは、どこからきてるんですか？」

十人ほどの若い女工たちは、綜絖に通す糸を巻き取ったり、綜絖通しをしたり、織機の手前に固定された筬《おさ》（櫛《くし》状の切れ目が無数に入った横木）に数ミリ間隔で綜絖通しされた経糸を、へら状の道具で通したりしている。

「うちんとこの子らは、島原と長野が多いんだわ。毎年、地元の中学校に行って、採用させてもらっとるんだがね」

長崎県の島原は、江戸時代に過酷な年貢米の取り立てに庶民が苦しみ、天草四郎に率いられた島原・天草の乱が起きた土地だ。明治から昭和の初めには、若い女性たちが「からゆきさん」として、上海行きの外航船の石炭庫に押し込まれ、南方の島々やシベリアに売られて行った。戦前の長野県も貧しく、生まれた赤ん坊を間引きする風習があった地区もあり、生きるすべを求めて満蒙《まんもう》開拓団に志願し、大陸に渡った人々の数は日本で一番多かった。

「この近くに起街道《おこしかいどう》っつう通りがあるんだけど……」

美濃路《みのじ》の宿場町に歴史がさかのぼる一宮市の西寄りにある繁華街のことだ。

「どえりゃあ田舎町なのに、映画館が三つもあるんですわ。日曜日になると買い物に出てきた女工さんたちがようさんいて、かき分けながら歩かなかんのですわ。はっはっは」


古川毛織工業で一時間ほどすごした田谷は、膨らんだ書類鞄と風呂敷包みを両手に提げ、きた道を駅へと戻った。

空は青く晴れ渡り、高い位置から太陽の強い光が照り付けてきていた。一帯では相変わらず、ガッシャン、ガッシャン、ガッシャン、ガッシャンという騒音が響き渡っていた。

駅の近くまできたとき、ふいに騒音が止んだ。

（あれ……？）

腕時計を見ると、正午になったところだった。

ションヘルの騒音は、昼休みと日曜日はぴたりと止むのだった。

5

翌年（昭和三十二年）八月――

北海道札幌市は、ポプラの緑の葉の間を爽やかな風が吹き抜ける季節を迎えていた。

空は高く、駅前には五階建てのビルもあるが、土地が広いせいかガランとした印象の街である。

道の真ん中を緑色の車体の市電、ボンネット・バス、バイクなどが走り、西の方角には標高二二五メートルの円山《まるやま》が、名前のとおりの丸く夏らしい姿を見せていた。

人々は短い夏を楽しむかのように通りを行き交い、道端では茹《ゆ》でたトウモロコシが売られていた。

田谷毅一は、市内中心部にある海猫百貨店の裏手で、横づけになったトラックから商品の入った段ボール箱を降ろす作業を手伝っていた。

海猫百貨店は地元資本で、丸井今井札幌本店（本州の丸井とは無関係）、札幌三越に次いで、市内では三番手だ。

「はい、それ頂きます」

ワイシャツを腕まくりした田谷が、トラックの荷台に乗った二人の店員に声をかけた。

「重いぞ。大丈夫か？」

「大丈夫です」

太い指で衣料品の入った大きな段ボール箱を摑むと、肩に担いで、建物の中にある荷物用エレベーターの横まで運ぶ。

「あいつ、すごい力持ちだなあ！」

荷台に乗った男の店員二人が、田谷の後ろ姿を見送る。

「なんか運動やってたんだべ」

約十五分後、最後の一箱になった。

「よし、これが最後だぞ」

「はいっ！」

田谷は最後の段ボール箱を受け取ると、建物の中に入って行く。エレベーター脇には、田谷が一人で運んだトラック一台分の段ボール箱の山ができていた。

取引先の仕事の手伝いをして、気に入ってもらい、食い込んでいくというやり方を田谷は身に付けていた。特に体力を生かした手伝いは、得意中の得意である。

「田谷君、お疲れさん。助かったよ」

二人の店員は荷台から降り、礼をいった。

「とんでもありません。今後とも、オリエント・レディの商品をよろしくお願いいたします」

「おう、分かった、分かった。なるべくいいとこに並べとくわ」

「有難うございます！　是非マネキンに！」

マネキンに着せた服は、目立つのでよく売れる。

「ちょっと売り場を拝見して行っていいですか？」

田谷は二人に断り、背広の上着と書類鞄を抱えて、二階にある婦人服売り場に向かった。

階段を上がると、目の前にイージー・オーダーの売り場が広がっていた。大きな看板が掲げられ、大々的な宣伝ぶりである。

(相変わらずイージー・オーダー売り場は広いな。世は、イージー・オーダー全盛時代か……)

いろいろなポーズのマネキンが、服の見本を着て立っていた。

服は、ワンピース、ツーピース、スーツ、セパレーツなどである。買い物客たちがそれを眺めたり、そばにいた店員になにか訊いたりしていた。

(この上着は、ウーリーコットンか……。今年の流行《はや》りだなあ)

羊毛のような伸縮と風合いに仕上げた厚めのコットン（木綿）だ。最近は洗ってもあまり形崩れしない化織も出てきているが、婦人服地の主流はまだ木綿である。

(こっちは折り目の感じを出したジャカードか)

フランス人発明家ジャカールが発明したジャカード織機で織った布で、ヨーロッパふうの複雑な模様が特徴だ。

（値段は……？）

田谷は書類鞄から手帳を取り出し、値段を書きとる。

ワンピースは千二百円から二千五百円、スーツやセパレーツは二千円から三千円台だった。注文仕立てだと、仕立て代だけで二千五百円くらいするので、それに比べるとはるかに安い。注文してできるまでは、五日から一週間である。

田谷は、手帳と鉛筆を手に、売り場を歩いて見て回る。

（やっぱり中高年向きが多いな……）

百貨店で買い物ができるのは一種のステータスなので、客はある程度金を持っている中高年が多い。

（プリントは、大柄のものが少しずつ増えているか）

昨年度（昭和三十一年度）の経済白書は「もはや『戦後』ではない」と書いた。社会が豊かになるにつれ、大きな柄で派手めのプリント地の婦人服が売れるようになっていた。ただし主流はまだ小さな柄の花模様、水玉模様、縞模様である。

売り場を一通り見終わると、既製服売り場を探した。

デパートでは売れ筋や季節によってレイアウトを変えるので、既製服売り場の場所もよく変わる。

（どこにあるんだ……？）

しばらく歩き回って、フロアーの壁際に設けられた既製服コーナーを見つけた。

イージー・オーダーの五分の一くらいの面積で、何体かのマネキンが置かれていた。

それ以外の服は、ハンガーにずらりと吊るされており、横から見ただけでは、どんな服なのかほとんど分からない。

（相変わらずこんな状態か……）

サイズは1と2の二つしかなかった。しかも、それがどれくらいの寸法を示しているのかすら客には分からない。

田谷はハンガーを持ち上げ、両目をじっと凝らし、服の寸法を見極める。

（1は、身長が一六〇センチ、ウエストが七一、二センチ、2は、身長が一五五センチで、ウエストが六五センチってところか……）

次に、既製服を着たマネキンの後ろに回る。

（やっぱり背中がつまんである！）

既製服でも、イージー・オーダーのように直さないと着られない商品がほとんどだ。

オリエント・レディではもう少し多くの種類のサイズを作っているが、百貨店や商店の既製服売り場が小さいのでは、意味がない。

（こりゃ、縫製もひでいもんだ……）

手にしたワンピースを仔細《しさい》に検《あらた》めて、顔をしかめた。

注意して縫っていないため、あちらこちらが引きつれ、背の部分に皺ができていた。

（そもそも型紙からしておかしいんじゃねえのか……？）

既製服の商品はタイトスーツやアンサンブルは少なく、どちらかというと若向きのワンピースが多かった。生地はイージー・オーダーとほとんど変わらないが、値段は三割くらい安い。

（今の流行は、ローウエスト、ギャザースカート、開いた襟元、白のカラーちゅうところか……）

商品を見ながら、売れ筋を摑んでいく。東京に帰るとすぐ池田に報告し、製品に反映させるためだ。


この頃、日本経済は、なべ底不況にあったが、間もなく脱し、翌昭和三十三年七月から戦後高度成長時代を代表する好景気、岩戸景気に入った。神武景気（神武天皇以来の好景気）を上回る景気であることから、神武よりさらに遡り、天照大神が天の岩戸に隠れて以来ということで命名された。

若手サラリーマンや労働者の収入が増え、国民の間に中流意識が広まり、団地生活が人々の憧れの的になり、テレビや小型家電が普及し、生活や服装の欧米化が急速に進んだ。昭和三十三年には東京タワーが完成し、翌昭和三十四年には皇太子ご成婚で日本中が沸き、昭和三十五年には、実質経済成長率が一三・三パーセント、昭和三十六年には同一四・五パーセントを記録した。

しかし、活発な設備投資と生産増大で輸入が急増し、外貨準備が急減したため、政府は、昭和三十六年九月末に公定歩合の再引上げ（一回目は七月）、預金準備率引上げ、財政支出繰り延べなどの、本格的な引き締め策に転じた。これによって岩戸景気は終《しゅう》焉《えん》を迎え、翌昭和三十七年の実質経済成長率は七パーセントまで落ちた。

民間企業は資金不足に苦しみ、オリエント・レディでも資金繰りが逼迫《ひっぱく》し、池田定六が会社でZ旗を掲げて全社員の奮起を促す一幕もあった。

やがて東京五輪の建設特需からオリンピック景気が昭和三十七年十一月から始まり、状況は徐々に改善していった。オリエント・レディも苦境を乗り切り、協力工場への謝恩行事として、有楽町にある東京宝塚劇場に観劇に出かけた。一方、田谷毅一は、この年（昭和三十七年）六月に亀戸野球場で開催され、四十六チームが参加した東京婦人子供既製服製造工業組合第七回野球大会に四番・サードで出場し、八割五分という驚異的な打率をマークしてオリエント・レディを優勝に導いた。

第三章　百貨店黄金時代

1

昭和三十七年十一月三日——

東京の街は高度経済成長の副産物のスモッグに覆われ、灰色の空から雨が降ってきていた。

背広姿の田谷毅一は手土産の紙袋を提げ、社長の池田定六とともに国鉄新宿駅の西口改札を出た。

「おお、すごい人だ！」

「うわぁー、並んでますね！」

二人は思わず声を上げげた。

地下の改札から長蛇の列ができ、地上へと延びていた。

この日開店した小田急百貨店にやってきた人々の列で、制服・制帽姿の国鉄職員たちがロープを張って整理していた。

「こりゃあ、千人はいますねえ」

「さすが地上八階、地下三階の大型店だな」

新宿西口には、俗称「ションベン横丁」という闇市時代からの飲み屋街（現・思い出横丁）や、明治三十一年（一八九八年）に造られた淀橋《よどばし》浄水場などが残っているが、そこに現れた巨大な百貨店は、豊かな社会の到来を象徴していた。

日本経済の拡大で、百貨店の売上げは毎年二桁の伸びを見せ、この年は五千八百億円程度になる見込みだ。都内の百貨店の売上げは、①日本橋三越、②新宿伊勢丹、③池袋西武、④日本橋高島屋、⑤東横百貨店渋谷、⑥上野松坂屋、⑦大丸東京店の順だが、ここに小田急百貨店や再来年開業予定の京王百貨店などが参入し、競争は一段と激化する。

「行列に並んでるわけにいきませんから、通用口に行きましょう」

頭髪をオールバックにした田谷が人ごみをかき分けて池田を先導する。

二十八歳になった田谷は、首都圏のデパートを担当する課長になり、多少の貫禄《かんろく》が出てきていた。

オリエント・レディは、池田商店時代から社長の池田がすべてを差配してきたが、年商が十年前の五倍の約十六億円になり、従業員も百五十人という大所帯になったため、去る九月に部課長制を導入した。

田谷の課長抜擢《ばってき》に関しては、若すぎるとか、金に汚いとか、一匹オオカミ的なところがあるといった反対意見が出たが、池田が「やらせてみて、駄目なら替えればいいんだ」と鶴の一声で決めた。

二人は通用口から小田急百貨店に入った。

店内は客と店員でごった返し、入り口脇の案内デスクで、白い手袋をはめた女性の案内係がにこやかに接客していた。

「このたびはご開業、誠におめでとうございます」

オリエント・レディの二人は、婦人服売り場で担当の課長を見つけ、深々と頭を下げた。

「やあ、これは池田さんに田谷君、ご丁寧に恐縮です」

頭髪をきちんと整え、ダークスーツを隙なく着て、ぴかぴかに磨き上げた革靴をはいた若い課長が鷹揚《おうよう》に応じた。

二日前に八階大食堂で開かれた開業披露式には、池田も出席した。関係者や取引先二千五百人が招かれ、高松宮殿下がテープカットをする盛大なものだった。

「素晴らしいご盛況ぶりですね」

池田がもみ手をしながら精いっぱいの愛想笑いをする。

衣料品メーカーとの力関係は圧倒的に百貨店が上だ。

華やかな照明が降り注ぐフロアーで、白い襟の付いた制服姿の女性店員たちが接客し、カウンターで商品を次々に包装紙でくるんでいた。

「開業のために、新卒と中途採用合わせて千三百三十一人も採用しましたよ。ほとんどが未経験者だったんで、実習訓練も大変でした」

女性店員たちは、東横百貨店渋谷店（現・東急百貨店東横店）、白木屋《しろきや》（のちの東急百貨店日本橋店、現・COREDO日本橋）、大丸東京店の三店舗で現場実習をした。

「しかし、これだけのお客さんだと、店に入れるだけで大変でしょうねえ」

「ええ。開店前に四千人が並んで、開店一時間で早くも入場制限ですから、はっはっは」

小田急の警備員が百十人配備されたほか、警察官が三十人出動したという。

二人が話すのを聞きながら、田谷は売り場に鋭い視線を注いでいた。自社の商品が他社よりいい場所に置かれるよう、常に注意を払っていた。

「婦人服売り場としては、とにかく伊勢丹さんの牙城を崩さなくてはなりません。……それじゃあ、わたしはこれで」

課長は、田谷から祝いの品を受け取ると、女性店員たちを手伝うため、客でごった返すカウンターへと向かった。

小田急に限らず、各百貨店は高級化とファッション化戦略を追求し、最も力を入れているのが利益率の高い衣料関連の販売だ。売上げに占める衣料品の割合は各社四割から五割強と高い。

「やはり伊勢丹がファッションのリーダーだな。我々もしっかり食い込まんと」

課長の後ろ姿を見送りながら、池田がいった。

戦後、日本および周辺国の地図作成作業などの場所として連合国軍に接収されていた伊勢丹は、昭和二十八年に接収が解除されると、駅から離れた場所にある不利を撥ねのけようと、次々と独自の販売方法を打ち出し、業績を伸ばしていた。特に昭和三十一年に本館二階に開設した少女の体型に合わせた服飾専門店「ティーンエイジャーショップ」は大成功をおさめ、「ファッションの伊勢丹」として女性から絶大な人気を獲得した。売上げに占める衣料品の比率は五二・六パーセント（昭和三十六年）と百貨店業界の中でも高い。

池田と田谷は、小田急百貨店を辞すると、神田への帰途、銀座にある松坂屋に立ち寄った。

銀座六丁目の中央通り沿いにどっしりとした八階建てのビルを構える松坂屋銀座店（現・GINZA SIX）は、大正十三年（一九二四年）に開業した老舗である。屋上庭園を持つクラシック・スタイルの百貨店で、かつては屋上動物園でゾウ、ヒョウ、ライオン、鳥などを飼育していた。戦前は八階に「星の食堂」という名前の大食堂があり、詩人の西條八十《やそ》が『星の食堂の唄』という詩を作るほど、銀座の華やかさの象徴的存在だ。

〈今宵逢《こよいあ》ひましょ　銀座の街で　名さへあなたを松坂屋
昇降機《リフト》上れば、星かげ、灯かげ　空のサロンの朗かさ〉

松坂屋銀座店の婦人服売り場は、ガラスが多用され、銀座らしい高級感があった。商品はオーダー・メードやイージー・オーダーが主流だが、既製服売り場も面積が増え、子ども服から大人用まで、サイズも増えていた。

「松坂屋さんは、有名デザイナーを何人も抱えて、オーダーやイージー・オーダーに力を入れています」

田谷がいった。

「イージー・オーダーの時代は、もうすぐ終わるよ」

「え、ええっ!?」

池田があっさりいったので、田谷は驚いた。

「働く女性がこれだけ増えて、若い女性たちが自分たちのお金でお洒落をするようになってきてるんだから」

池田は、田谷の驚きを気にかけるふうもない。

日本では二年前に池田内閣が「国民所得倍増計画」を発表し、オリンピック景気も始まっていた。若手サラリーマンや労働者の収入が増え、電気冷蔵庫、電気洗濯機、白黒テレビの「三種の神器」が飛ぶように売れていた。働く女性が増えただけでなく、大学では女子学生が増え、「女子大生亡国論」がマスコミをにぎわせていた。

「既製服時代はもうすぐそこまできている。問題は、うちを含めて、どこのメーカーも技術がともなっていないことだ」

池田は厳しい視線で婦人服売り場を見渡す。

「アメリカのような服を作らなけりゃ、駄目なんだ……」

米国の百貨店の婦人服の売上げの実に九割が既製服だ。

これに対して日本では、既製服は三割程度にすぎない。残りはオーダー、イージー・オーダー、自家製で、婦人用スーツは四割がオーダー、スカートは四割強が自家製である。

翌年（昭和三十八年）六月——

池田定六は、文京区本駒込《ほんこまごめ》の自宅で朝食をとったあと、膳の前にあぐらをかき、朝刊を開いた。

以前は、神田東松下町の店の二階奥に住んでいたが、手狭になったため、数年前に引っ越した。

本駒込は、江戸時代に多くの武家屋敷があり、今は寺社や大邸宅が建ち並ぶ都内屈指の高級住宅地だ。徳川綱吉のお側用人、柳沢吉保が造った広大な大名庭園「六義園《りくぎえん》」や、アジサイの名所として知られる白山《はくさん》神社があり、谷中、根津、千駄木《せんだぎ》といった下町情緒あふれる一帯も徒歩圏内である。

池田の家は、石垣の上に建つ堂々とした一軒家だ。

目と鼻の先の文京区大塚には、白百合学園を出た一人娘が、社員の一人と結婚して住んでいる。

女婿は池田文男《ふみお》という名で、婿養子として池田家に入った。栃木県の高校を出て以来オリエント・レディで働いており、仕事ぶりは地味だが、拾った百万円を誰にもいわず警察に届けるような実直さを池田は高く買っていた。年齢は田谷毅一より一歳上である。

「うーむ、レナウンも上場するのか……」

着物姿で読売新聞の経済面に視線を落とし、池田は独りごちた。

〈新公開株の横顔〉という囲み記事が「四年間で売り上げ倍増」という見出しで、来月に予定されているレナウンの東証・大証各二部への上場を報じていた。

レナウンは明治三十五年に、佐々木営業部として大阪で創業された古い会社だ。戦時中に国策による企業整理で商社の江商《ごうしよう》（現・兼松）に吸収合併される苦難期もあったが、戦後いち早く東京に本社を置いて再発足。メリヤス、肌着、靴下、セーターなどの販売から始め、現在は日本最大のアパレル・メーカーに上り詰めた。売上げはオリエント・レディの七倍だ。

（樫山も三年前に上場しているし、うちもいずれは上場を考えんといかんか……）

アパレル業界二番手の樫山（現・オンワード樫山）は、三年前に東京、大阪、名古屋の各証券取引所の二部に上場し、来年あたり一部に指定される。下着専業メーカーのワコールも来年上場予定で、売上げがオリエント・レディの一・五倍程度の三陽商会も上場を検討していた。

（うちも本社を建てなきゃならんし、これから金はいくらでも要る……）

従業員が増え、神田東松下町の本社では収容しきれなくなったため、付近の事務所をいくつか借り、分散して業務を行なっていた。

（ただ、上場のためには、株を手放さなけりゃならんというのは……）

池田は、新聞を広げたまま宙を仰ぐ。その顔に、うっすらと寂しさが漂っていた。東証二部に上場するためには、四百人の株主がいなくてはならない。それは手塩にかけて育ててきたオリエント・レディの株式を手放すことに他ならない。

2

晩秋——

神田東松下町十八番地のオリエント・レディを一人の中年女性が訪ねてきた。

外国ふうのあか抜けた雰囲気を身にまとい、当時の日本では売っていない、肩幅が広く、腰のあたりが締まって、かつ立体感のあるコートを着ていた。はいているストッキングは、日本でも二年前から売り出された、後ろに縫い目のないシームレスである。

「あのう、オリエント・レディという会社は、こちらでしょうか？」

コートの襟を立てた女性が、店の前で片膝をついて商品の箱に紐をかけていた五十歳くらいの男に訊いた。

「ええ、ここですよ」

眼鏡をかけた小柄な男が顔を上げて答えた。

「わたくし、百貨店の方のご紹介で参りました菅野美幸《すがのみゆき》と申しますが……」

「ああ、あなたが菅野さんですか。お待ちしていました。社長の池田です」

菅野は驚いて目を瞠《みは》る。目の前の地味な眼鏡の男が社長であるとは夢にも思わなかった。

菅野と池田、池田の腹心の山梨県出身の専務の三人は、畳の間の大きな火鉢の前で向き合った。

仕事をしていた社員たちは、いったい誰なんだろうと興味深そうな顔つきで三人の様子を窺《うかが》う。

「菅野さん、わたしはあなたに、新しい血液をうちの会社に注いでほしいんです」

正座した池田が真剣な表情で切り出した。

「日本にもいよいよ既製服の時代が訪れようとしています。しかし残念ながら日本には技術がない。アメリカで技術を身に付けたあなたを、是非我が社に迎え入れたいんです」

菅野美幸は、二十四歳だった終戦の年に、四歳年上の銀行員の夫に先立たれた。その後、洋裁学校を経営して、二人の娘を育てた。娘たちが大学生になったのを機に、親戚を頼って単身で米国ロサンゼルスに渡り、現地の大手既製服メーカーで四年間にわたって、グレーディング（サイズ展開）を含むパターンメーキングやデザインの仕事をして帰国した。

「社長は、アメリカのどのような技術が日本の婦人服にとって必要だとお考えですか？」

菅野は池田を試すような気持ちで訊いた。

米国で身に付けた技術には自信を持っており、もしオリエント・レディが大した会社でなければ、就職はこちらから断ろうと思っていた。

「いうまでもありません。立体裁断とグレーディングです」

池田はずばりと答えた。

「シルエットが美しくて、身体にフィットする婦人服を作るには、平面裁断では限界がある。立体裁断を導入しなくてはなりません」

平面上で製図する平面裁断に比べ、スタン（洋裁用人台、ボディスタンドの略）に直接布地を当てて型をとる立体裁断は、人体によりフィットしたシルエットの服を作ることができる。

「それからグレーディングです。それも日本人女性の体型に合ったグレーディング技術が必要だ」

グレーディングは、デザイナーの絵型をもとにパタンナーが起こした型紙を、様々な体型の人に合うように、拡大・縮小をして、多数の型紙を作ることだ。米国では、グレーダーと呼ばれる専門の職人が機械を使って行なっている。

「日本では伊勢丹、西武、高島屋さんがようやく既製服のサイズを五号から十五号までの六種類に統一したところです。これからサイズの細分化が急速に進むと思います。ですから、うちのような既製服メーカーにとって、グレーディングは、今後、極めて重要な技術になります」

菅野は深くうなずいた。

菅野自身も、日本の婦人服製造に欠けているものは、立体裁断とグレーディングだと考えていた。

「あなたには技術顧問という肩書を用意し、役員に準じた待遇でお迎えしようと思っています」

「それは光栄です」

菅野は落ち着いた表情で答えた。

「ただわたしはアメリカでやってきた人間ですし、果たしてこちらの会社の方々と上手くやっていけるかどうか、若干自信がないのですが……」

オリエント・レディは見た目からも古い日本的な会社に思えた。

「そんなことは気にしなくていい。あなたはあなたのやり方でやればいいんです。うちの社員のやり方に合わせたり、気兼ねしたりする必要はまったくありません」

「でも……」

「あなたが入社すれば、社内で一騒動や二騒動起きることは百も承知ですよ」

「えっ!?」

菅野は池田の大胆な物言いに驚いた。

「そんなことを気にしていたら、革命は起こせませんよ」

池田はにやりと笑った。

「わたしはあなたに革命を起こしてもらいたいんです。日本の婦人服業界を根本的に変える革命をね」

菅野は、あっけにとられたが、一方で小気味よさも感じた。

野暮ったい風貌とは裏腹に、池田は米国人以上の合理主義者で、いい意味で野心に満ちた人物だと分かった。

菅野も入社に前向きになり、しばらく三人で、日本の衣料品業界や会社の今後について話し合った。

「ところで社長さんはいつもああして梱包《こんぽう》なんかをされているんですか？」

話が一段落したとき、菅野が訊いた。まさか社長が店先で荷造りをしているとは思っていなかった。

「ははは、わたしのモットーは『生涯一丁稚《でっち》』ですから」

池田が愉快そうにいった。

「社長業なんてものは、考えて方向性を決めるだけです。そんなに時間が要るもんじゃありません。普段はみんなと一緒に働いています」

その言葉は、米国のデザイン事務所で、床に落ちている端切れを一人で片づけたり、待ち針を磁石で拾い集めたりしながら、一歩一歩這《は》い上がっていった菅野に共感を覚えさせた。

翌年（昭和三十九年）三月——

神田東松下町にあるオリエント・レディ本社の畳の間で、何体かのマネキンに着せられた洋服を見て、田谷毅一が驚いた。

「こ、これは凄い！　これを菅野さんが作ったんですか!?」

田谷は、マネキンが着た白いブラウスに手で触れる。

襟はボーイッシュな幅広のシャツカラーで、ヨーク（身頃《みごろ》の肩部分）の切替えを利用して、前後身頃にタック（布地のつまみ）が入っていた。

「これは着やすそうだ。しかもデザインが洒落ている！」

興奮した顔で、隣のマネキンのドレスに視線を移す。

「ううむ、こっちも今までにないファッション性がある。なによりも平面裁断の服みたいにぺたっとしていない」

それはノースリーブのワンピースで、立体裁断によって上半身部分にゆったりした膨らみを持たせ、腰にあしらわれたボウ（ベルト状の布の蝶《ちょう》結び）が上品さを醸《かも》し出していた。

「このカクテルドレスは、中年の婦人向きですね。これは品格がある！」

別のマネキンのカクテルドレスを惚《ほ》れ惚《ぼ》れと見つめ、田谷がいった。

カクテルパーティーなどで着るフォーマルなドレスで、ウエストに優雅なドレープ（ゆったりとした襞《ひだ》）が入っていた。ドレープは立体裁断の大きな特徴だ。

「そっちの裾にアクセントがあるのは、若向きだろう？」

そばにいた池田がいい、田谷がうなずく。

似たようなカクテルドレスだが、裾にドレープが入っており、若々しい印象を与える。

「しかし、仮縫いをしないで、こんなオーダーみたいな服が作れるなんて……！」

「どうだ、百貨店で売れるか？」

「これは絶対売れますよ！　こんな既製の婦人服、今まで日本になかったですから。どのバイヤーも飛びつきますよ」

既製服が徐々に普及してきて、田谷は百貨店のバイヤーたちから売れる服を持ってくるよう強く要望されていた。

「これ、早速注文とっていいですか？」

「いやいや、ちょっと待て」

池田が制した。

「せっかくだから、この機会に、ファッションショーをやろうと思ってるんだ」

「ファッションショーを？」

「うむ。マネキンに服を着せて並べる展示会じゃないぞ。アメリカやヨーロッパみたいな、モデルが服を着て歩くやつだ」

東京では、戦後間もない昭和二十三年に、日本橋室町の三越劇場で、田中千代デザインルームとメリヤス登録卸商の佐々木営業部（現・レナウン）が婦人・子ども用のセーター、Tシャツ、イヴニングドレスなどのファッションショーを共催したことはあるが、メーカーによる既製服のファッションショーの例はほとんどない。

「バイヤーやマスコミを呼んで、派手にやるぞ。うちの製品で、世間の度肝《どぎも》を抜いてやる」

3

〽ドライブウェイに春が来りゃ
イエイイエイ　イエイイエイ　イエーイエイエイ！
プールサイドに夏が来りゃ
イエイエイエ　イエイイエイイエ

トレビアーン！
レーナウーン　レナウン　レナウン　レナウン娘が
オシャレでシックなレナウン娘が
わんさかわんさ　わんさかわんさ
イエーイ　イエーイ　イエイエーイ！

翌年（昭和四十年）――

日本は先進工業国へとまっしぐらに突き進んでいた。前年十月に東海道新幹線が開業し、アジア初のオリンピックが開催された。東京の川、堀、一般道路の上やビルの間を首都高速道路が巨大な龍のように延び、大型のビルやホテルも続々と建設され、実質経済成長率は一三・一パーセントを記録した。

同年四月には平凡出版（現・マガジンハウス）が「平凡パンチ」を創刊し、若者にファッション、車、セックスなどの情報を提供し、アイビー・ルックの流行を後押しした。一方、桑澤洋子、森英恵《はなえ》、諸岡美津子、コシノジュンコといった新進気鋭の女性デザイナーたちも脚光を浴び始めた。

アパレル・メーカーのテレビCMも盛んになり、レナウンは、この年、初来日したフランスの人気女性歌手シルヴィ・ヴァルタンに小林亜星作詞作曲のCMソング『ワンサカ娘』を歌わせた。明るいポップス調の曲は、高度成長期らしい若々しさにあふれ、爆発的に売上げを伸ばした。

同年六月――

どんよりとした梅雨空《つゆ》の東京は、夏の足音が聞こえ始めていた。

午後六時に営業が終わった都内のある百貨店の婦人服売り場に、婦人服メーカーの営業マンたちが勢揃いした。

ワールド、東京スタイル、イトキン、レナウンルック（レナウンの婦人服製造子会社）などの男たちは吊り上がった目で、売り場を片づける百貨店の店員たちの動きを追っていた。

婦人服売り場の模様替えが始まろうとしていた。

「いいか、絶対にオリエント・レディに食い込まれるなよ」

「田谷に気を付けろよ。あいつは力があるからな」

各社の営業マンたちが、囁《ささや》き交わしながら、売り場の一角で腕組みして仁王立ちになった田谷毅一に視線をやる。

場所獲り合戦の台風の目は、常に田谷毅一だった。

その田谷が、鋭い目つきで売り場を睨みながら、かたわらにいる部下に囁く。

「イトキンの納品が遅れているらしい。狙いはイトキンだ」

「分かりました」

納品遅れで、十分な品物がないメーカーの場所は食い込みやすい。

百貨店の売り場の模様替えは季節や販売テーマが変わるごとに行われる。その際、少しでもエスカレーターに近く少しでも広い場所を獲得しようと、アパレル各社の営業マンたちはしのぎを削る。

間もなく売り場の片づけが終わった。

「よし、行け！」

営業マンたちが背広を脱ぎ、マネキンや商品をぶら下げたハンガーの束を担《かつ》いで売り場に突進する。

各社がどこに品物を置くかは、百貨店の売り場責任者が事前に決め、各社に伝えられているが、少しでも自分の陣地を広げようと全員血眼《ちまなこ》だ。売り場責任者と事前に交渉するだけでなく、ハンガーの数を確保するため、百貨店の女子店員に取り入って、レジの下にたまるハンガーを優先的に回してもらったりもしていた。

「おい、なにしてるんだ!?」

ワイシャツにネクタイ姿で、ハンガーの商品をラックにかけていた営業マンの一人が、そばにいた他社の営業マンに怒鳴った。相手のハンガーが、こちらのハンガーに食い込んできて、吊るした商品の形を崩しそうになっていた。

「え、なんの話？」

怒鳴られた男がとぼけた顔で訊く。

「お前、こっち押したらつぶれるだろう！」

「押してねえよ。スペース越えて出てきてんのは、そっちだろう」

「なにいっ!?」

一触即発の怒鳴り合いが、あちらこちらで繰り広げられる。

「ここはうちのスペースだ！　入ってくんな！」

「品物がねえのに、場所だけとってんじゃねえ！」

オリエント・レディの若い営業マンはイトキンのスペースにはみ出てマネキンを置き、相手といい合いになった。

夏らしい明るい色のワンピースを手にしていた田谷が、相手の身体めがけてぐいっと肩を突き出し、弾かれた相手がよろけて、ガラスのショーケースに手をつく。

「なにすんだ!?」

「あ、わりい、わりい。触っちゃったかな？」

オールバックの肉付きのよい顔に不敵な笑みを浮かべる。

「ふざけんじゃねえ！　わざとだろう!?　ショーケース割ったらどうすんだ!?」

そばで見ている百貨店の男性社員たちはやれやれといった苦笑まじり、女性社員たちはこわごわの表情である。

「課長、これ見て下さい！」

オリエント・レディの若手社員が田谷にいった。

「ボタンがとれてます」

「なに、ボタンが!?」

田谷が白いブラウスの袖を確かめる。

「これは引っかかってとれたんじゃねえな……」

生地がねじれていて、誰かがボタンを引きちぎったのが明らかだ。

「あいつか……？」

田谷が肩ごしに、血走った視線を他社の営業マンの一人に向ける。

踵を返し、つかつかと相手に近寄る。

「おい、ちょっとこい」

「なっ、なにする!?」

田谷は大きな手で相手の右腕をわしづかみにし、フロアーの壁際に連れていく。

「お前、うちのブラウスのボタン、ちぎっただろう？」

壁際に相手を押し付けて、もの凄い形相で睨みつけた。

「そ、そんなことしてねえよ！」

相手は蛇に睨まれた蛙《かえる》のように縮み上がった。

「ナメんじゃねえ！　こっちはお前のこと、ずっと見てたんだ。さっき倉庫に行っただろう!?」

先日もオリエント・レディの商品がボールペンで汚されたことがあり、田谷は怪しいと思ったその男に注意を払っていた。

「お前、倉庫でボタンをちぎったんだろう!?」

「………」

相手は不貞腐《ふてくさ》れた顔で、だんまりを決め込んだ。

「よーし、認めたな。借りはスペースで返してもらうからな」

田谷は突き放すように相手の肩を押した。

「おい、そこもうちょっと下げていいからな」

遠くから部下の男に声をかけた。

「分かりました！」

部下の若い男は、ボタンをちぎった男の会社のスペースにはみ出してマネキンを置いた。

その晩——

陣取り合戦で勝利を収めた田谷毅一は、神田駅のガード下にある一杯飲み屋の暖簾をくぐった。

夫婦でやっている、間口二間（約三・六メートル）ほどの小さな店だった。

「こんばんはー」

引き戸をがらがらと開けて入ると、店内のテーブルの一つで池田定六と腹心の専務が飲んでいた。

神田駅周辺は、戦後の闇市から発展した飲食店街が広がっており、この一杯飲み屋は、池田商店時代から池田の行きつけだ。

「おお、こっちだ、こっちだ」

池田が笑顔で手招きした。

「どうだ、今日の首尾は？」

田谷がテーブルにつくと、池田はビール瓶を摑み、田谷のコップに注ぐ。

「はい。エスカレーターのそばに、今までの一・五倍くらいのスペースがとれました」

コップを両手で押し頂いて田谷がいった。

「ボタンをちぎった奴《やつ》がいたんで、そいつのスペースも分捕りやした」

「そうか。よくやった！　……しかし、油断も隙もあったもんじゃねえな」

「はい。納めた商品に針を入れる奴もいますから、納入前のチェックは入念にやって、なにかあってもうちのミスじゃねえと説明できるようにしています」

「うむ。そういう地道な努力が、売上げ増につながるっちゅうもんだ」

オリエント・レディは売上げを着実に伸ばし、年商は二十五億円近くになっていた。

立体裁断による春夏物新作約百点のファッションショーは、前年四月に千代田区平河町の「マツヤサロン」で開催し、百貨店や専門店の仕入れ担当者やマスコミの大反響を呼んだ。今年に入ってからも、菅野美幸が新たにデザインした型番「M－17」の紺無地のワンピースが飛ぶように売れていた。丸襟、ハイウエストで、腰を絞ったひざ丈のプリンセスライン（上半身はフィット感があり、ウエストからドはふわりとしたボリュームのある女性的なドレス）の夏物だった。

「菅野さんがきて、いろいろあったが、こちらの目論見どおり、革命を起こしてくれたじゃんな」

池田がイカの塩辛を口に運び、眼鏡の目を細める。

菅野が入社して間もなく、社内のデザイナーたちが、自分たちはもはや必要とされていないから辞めるといい出したことがあった。社内の営業部門が、製品にダーツ（身体の曲線に沿ってフィットするよう、生地をつまんでミシン縫いした部分）が入っていると、折り畳んで納品するとき皺になると苦情をいってきたり、練馬区の江古田《えこだ》駅近くにある古くからの縫製業者が、菅野がサイズごとに作ったパターンを無視して、Mサイズのものだけを作り、あとは袖や脇をつまんで大きさを調整するという昔からのやり方を押し通そうとして、菅野と激しいいい合いになったこともあった。そのつど、池田、専務、菅野らが相手の言い分を聞いたり、説得したりしながら、米国並みの製品を作る体制を整えてきた。

「ところで田谷、この生地をどう思う？」

池田が足元の風呂敷包みから、白っぽい布地を取り出した。

「これは……テトロンですか？」

田谷は布地を手にとり、色合い、肌理《きめ》、手触りなどを確かめる。薄いカーテンのようなレースの織物だった。

テトロンは、帝人と東レが英国の化学メーカーＩＣＩと技術提携して開発したポリエステル系合成繊維だ。皺になりにくく、乾きが速いのが特性で、帝人のテと東レのトをとって名づけられた。

「そうだ。新潟の鈴倉《すずくら》織物が持ってきたんだ」

「鈴倉織物が？　直接ですか？」

池田がうなずく。

「しかし、あのあたりの生地は、産元《さんもと》の近藤商店が取り仕切ってるんじゃないんですか？」

産元問屋は、全国各地の織物やニットの産地にある問屋で、自ら原糸を手配して、機屋やニッターに織物やニット製品を作らせ、メーカー、商社、地元以外の問屋に卸す。

「うむ。掟《おきて》破りずらな」

「大丈夫なんですか？　今は産元全盛時代じゃないですか」

新潟県見附《みつけ》市の近藤商店は、北陸一帯に強い影響力を有している。

「軋轢《あつれき》は当然あるらな。ただ、製品には絶対の自信を持っているし、販売を産元任せにしてたんじゃ駄目だと思っているようだな」

「なるほど……」

「鈴倉の社長は、長岡高等工業（新潟大学工学部の前身）の化学《ばけがく》を出たインテリだ。アパレル・メーカーへの直販だけでなく、撚糸《ねんし》から織り・後加工までの一貫生産とか、いろいろなことに取り組んでいるようだ」

改革者的な姿勢は、池田と通じるものがある。

「これは『エル・アート』という名前の生地だっちゅうぞ。テトロンをレースに編んでいる」

鈴倉織物がある新潟県の栃尾《とちお》は合成繊維の有力産地で、東レや帝人などの原糸メーカーは、新しい糸を開発すると、栃尾に投入して、どのような布地が織れるか試す。

「『エル・アート』……。よさそうな生地ですね」

　田谷は、どのような製品にすれば百貨店の引きがあるか、思いを巡らせる。

「肌触りもいいし、汗をよく吸収するっちゅうから、夏向きだな。菅野さんに相談して、どういうものができるか、いっぺん作らせてみるじゃんか」

　池田の言葉に田谷はうなずく。

「よし、じゃあ、寿司でも食いにいくか」

　池田のお決まりのコースは、この一杯飲み屋のあと、近所の「蛇の紋寿司」で腹ごしらえし、神田駅近くにある「ウルワシ」というキャバレーで、ホステスを侍《はべ》らせて飲む。これは部下たちを連れて行くときも、取引先を接待するときも変わらない。「ウルワシ」は戦後間もなく創業された大型キャバレーで、ダンス・フロアーとバンドを備えている。この頃、まだ「つぶし屋」と蔑《さげす》まれていた既製服業者の第一の夢はゴルフの会員権、二番目がキャバレーといわれ、ゴルフをやらない池田はもっぱらキャバレーだった。店では「不動産屋の奥田」と名乗り、「オーさん」と呼ばれていた。別のテーブルにオリエント・レディの社員たちを見つけると、ホステスに命じてビールを差し入れた。

　それから間もなく――
スーツ姿の田谷毅一は、新潟県の長岡駅東口で、栃尾市行きの越後交通のバスに乗った。

（山梨みていだなあ……）

バスが走り始めると、前方彼方に、なだらかな夏山が見えた。道の左右は、米どころらしく水田が多く、水が張られた田に長さ二、三〇センチの苗が整然と植えられていた。栃尾までの道のりは、約一三キロメートルである。

出発して十五分ほどで長岡商業高校前を通過し、バスは山の中に入る。猿でも出そうな雑木林を切り拓《ひら》いた旧道だ。頭上の低空には、灰色の綿雲が垂れこめている。

「〽にいさんの学生服はテトロン、テトロン、か……」

田谷は昭和三十五年から双子の歌手、ザ・ピーナッツが歌ったテイジン学生服のＣＭソングを思わず口ずさむ。

栃尾に行くのは、鈴倉織物を訪問するためだ。同社が持ち込んだテトロン布地「エル・アート」で夏物の試作品を作り、百貨店のバイヤーに見せたところ、大好評だった。

いくつも峠を越えて栃尾に近づき、道が下り坂になるあたりには杉の木が多く、棚田、墓地、木造の民家などが現れては消える。

栃尾の町に入ると、名物の油揚げの看板があちらこちらにあり、店先の大きな油鍋の中で、切り豆腐がじゅうじゅうと泡を立て、キツネ色に揚げられていた。上杉謙信（元服名・景虎《かげとら》）が十四歳から十九歳まですごした地で、謙信の位牌《いはい》を分祀《ぶんし》した謙信廟《びょう》や銅像がある。一級河川、刈谷田《かりやた》川とその支流の西谷川が流れ、木製のアーケードに沿って商店が軒を連ねる通りは昔の宿場町のようだ。人口は三万六千人ほど。うっそうとした低い山々に囲まれた盆地で、熊が出るため、小学生たちはランドセルに鈴を付けている。冬は日本海の水蒸気を含んだ大量の雪が町を埋《うず》め、それが解《と》けると織物業に適した清流と湿度を生み出す。

この狭い町に百五十以上の機屋と、ほぼ同数の撚糸などの関連工場があり、総生産の九割以上が繊維関係という織物の町だ。

栃尾の織物は、第十一代の垂仁《すいにん》天皇の皇子で、越後の国造《くにのみやつこ》に任じられた五十日《い》足《かたらし》彦命《ひこのみこと》の妃《きさき》が、春日山（現・守門岳《すもんだけ》）に登って天然繭を採り、紬《つむぎ》を創製したのが起源と伝えられる。その後、室町時代の天文《てんぶん》年間（一五三二～一五五五年）に、上杉謙信の家臣、本庄慶秀《よしひで》が栃尾城主として織物を奨励したことで産業として成立した。

鈴倉織物の本社は、市街地の東寄り、刈谷田川にかかる出雲《いずも》橋のそばにあった。

（こりゃあ、大《てい》した会社だ……）

川に沿って、鋸形屋根、平屋、二階建ての三つの工場、本社、倉庫など何棟もの建物が並び、一大コンプレックスを築いていた。出雲橋を渡った対岸には、百二十名収容の女子寮が二棟建っている。鈴倉織物は、約千人の従業員を擁《よう》し、栃尾では突出した存在だ。

田谷が本社受付で来意を告げると、副社長の鈴木七郎が出てきて、工場内を案内してくれた。おっとりとした人柄を感じさせる風貌で、年齢は三十代後半。東京工業大学の応用化学科を出て、社長の鈴木倉市郎の長女に婿入りした人物である。

「……うちは、撚糸、糸加工から織り、染色整理までを一貫体制でやるコンバーターです」

作業服に長靴姿で工場内を案内しながら鈴木がいった。

コンバーターとは、生地問屋のうち、自ら企画を行い、原材料の段階から手配し、製造加工までを自社のリスクで行う製造問屋のことだ。鈴倉織物は織物メーカーだが、同様の機能を持っている。

「やはり、いいものを作るには、一貫体制ですべてを自社でコントロールする必要があるというのが、我が社の考え方です。ですから設備は、こんなふうに大がかりで、毎年の投資も相当な額に上ります」

鈴木の説明にうなずき、田谷はそばの設備に視線をやる。

銀色のローラーに何反もの布地をかけ、洗剤で水洗いする機械や、染色用のドラム型の容器、工程を管理する人の背丈ほどもある箱型の機械などがずらりと並び、作業員たちが赤や青のランプの点滅を見たり、つまみをひねったりして操作していた。

織り上がったばかりの生機《きばた》は固く、手触りも悪く、そのままでは製品に使えない。機械油や汚れを洗い落とし、染色、蒸し（プレス）、起毛（毛羽立たせること）、毛羽取り、撥水性や消臭といった機能付与など、多数の工程からなる染色整理加工を経て、製品に使えるテキスタイルとなる。

「うちは今、『チョップ』と産元さん経由が売上げの九割くらいで、直販が一割です。この比率を逆にして、チョップ四、直販六くらいに持っていきたいと思っています」

チョップというのは、東レや帝人などの指示で、生地を作る下請けだ。出来上がった生地は、合繊メーカーの製品として販売される。

「チョップや産元さん経由だと思いどおりにものが作れないというのはもちろんあるんですが、販売も人任せじゃ駄目だと思い知らされた事件がありましてね」

鈴木は眼鏡をかけた学者ふうの顔に苦笑を浮かべる。

「事件？　どんな事件ですか？」

「生地の展示会があるっていうんで、前の日の夜遅くまでかかって品物を必死で作って、産元に届けたんです。ところが産元が麻雀をして、展示会に行かなかったんですよ」

「それはひどいですね！」

「ええ。だからやっぱり他人任せではいかんと」

工場内では、機械が動く騒音や蒸気が噴き出るシューーッという音が絶え間なく聞こえ、若い女工たちも働いている。

「これはこないだお持ちした『エル・アート』ですね」

ザザザ、ザザザザザという音を立て、白い布地を織り上げている高速織機を示して鈴木がいった。

「テトロンで目の粗い織物を作ろうとしたんですが、目が粗いとスリップしてなかなか上手くいきませんでね。そんなときに帝人さんが『タスラン加工糸』を開発してくれたんで、それと交撚して、スリップを防いだんです」

タスラン加工糸は、撚《よ》りをかけず、圧縮空気《エアー》の力で嵩《かさ》高く、ループ状に結束させた糸で、ふっくらとやわらかく、高級タオルやシャツなどに使われる。

「非常にいい布地ができたんで、社長の倉市郎も力が入りましてね。フランス語で空気を意味する『エル』と英語の『アート（芸術）』をかけ合わせて名づけました」

「鈴木副社長、うちは『エル・アート』を大量に取り扱わせて頂けないかと思っています。当面、三百反ぐらい売ってもらえないでしょうか？」

一反は幅一四八センチの布地五〇メートル分だ。

「三百反？　それは有難いお話ですね。ただ、あれは非常に好評な布地で、レナウンさんや東京スタイルさんなんかからも強い引きがありますから……果たして、それだけの量を確保できるかどうか……」

「そこをなんとかお願いします！」

田谷は必死の思いで頭を下げた。

「うちは百貨店と強い結びつきがあります。うちの製品で、御社の『エル・アート』を全国の百貨店に広めたいんです！」


同じ頃――

住友銀行本店（大阪）調査第二部の西川善文（のち頭取）は情報収集のため、御堂筋《みどうすじ》に近い本町《ほんまち》二丁目にある伊藤忠商事大阪本社を訪れていた。

「……尾州の機屋さんは、ここだけの話、過剰在庫がたまってて、要注意やで」

応接用のソファーで、羊毛部長がタバコをくゆらせていった。商社マンらしい抜け目のなさと、国際ビジネスの華やぎを漂わせた五十代の男性だった。

古いビルのフロアーでは部員たちが、羊毛相場を黒板に書き込んだり、そろばんを弾きながら取引先と黒電話で商談をしたり、テープ式のテレックス機のキーを叩いて、海外支店とやり取りをしたりしており、最前線のビジネスの鼓動が聞こえてくるような光景だ。

「うーん、やはりそうですか」

きりっとした上がり眉で、眼光の鋭い西川が、ノートと鉛筆を手に厳しい表情でうなずく。

奈良県高市郡畝傍町《うねびちょう》（現・橿原市《かしはら》）の出身で、大阪大学法学部を卒業して住友銀行に入り、大正区支店で預金事務や外回りを三年間やったあと、昨年、調査第二部に異動になった。事なかれ主義を排した鋭い指摘と明快な文章で、上司や審査部から頼りにされている二十六歳の新鋭調査マンだ。

担当先は、紡績、毛織、衣服メーカーで、具体的には、尾州の機屋や地元の中小企業のほか、レナウン、樫山、柏屋、大賀、北川慶、メルボ紳士服、丸善衣料といった大手衣料品メーカーだ。

繊維産業は、糸、織り、製品別にメーカーがあり、長い独特の工程と季節性を持っているので、西川は、住友銀行がメインバンクのレナウン大阪支店にかよって業界の勉強をした。

「織物業は労働集約産業やから、どうしても人件費の安いところに流れるわね。たぶんこれから相当韓国にシェアを食われるのは間違いないやろね」

日本は経済成長で賃金が上昇している一方、輸出先である東南アジア諸国が繊維製品の自給化率を高め、先進国は自国繊維産業保護化の動きを見せている。また戦後二十年間、国交がなかった韓国とは、去る六月二十二日に日韓基本条約が締結され、人や物の行き来が盛んになりつつある。

「韓国の女工さんの賃金は一ヶ月三、四千円で、日本の三分の一以下やろ」

「そのようですねえ」

「日本の繊維産業は、今まで給料の安い中卒の女工さんが支えてはったけど、その年頃の人口が減ってるわね。しかもテレビやトランジスタ産業が伸びて、高い給料で女工さんをかき集めるようになったしねえ」

西川はうなずく。

「来年あたりから、尾州では機屋の倒産が結構出るかもしれへんね」

「そうですか。……どのあたりとか、噂《うわさ》みたいなもんはありますか？」

問題企業を早期に発見するのも調査部員の役割だ。

「いや、どこというのは、まだ聞いてへんけどね」

羊毛部長は口を濁した。伊藤忠商事は商社の中では尾州に最も食い込んでおり、どこが危ないかは摑んでいるはずだが、さすがに簡単には話してくれない。

「岩仲《いわなか》さんなんかは、どないですか？」

岩仲毛織（岐阜県輪之内町《わのうちちょう》）は、尾州地域を代表する織物メーカーだ。

「まあ、あそこは業界の盟主で、モラルも高いし、商売のルールもきちんと守る会社やから。我々を含めて業界での信頼は高いですよ。技術革新や国際化にも積極的やしねえ」

「過剰設備、過剰人員ゆうことはないですか？」

「それはちょっとはあるでしょ。名声というか、世間体にこだわる会社やから」

岩仲毛織は、従業員を大切にしており、リストラをするようなこともない。そうした企業体質が、逆風下では仇《あだ》になる可能性がある。

「まあ、朝鮮戦争勃発以来のガチャマン景気もいよいよ終わりっちゅうことやね」

「同じ繊維・アパレルでも、川上が不調で、川中と川下が好調ゆうのは興味深いですね」

川上は紡績メーカーや織物メーカー、川中は既製服など製品メーカー、川下は卸・小売りである。

既製服メーカーは、百貨店の隆盛と歩調を合わせて売上げをぐんぐん伸ばしているが、織物メーカーは様々な問題を抱えている。

「ところで御社は、海外ブランドとの提携なんかは考えておられへんのですか？」

「そりゃあ考えてるよ。日綿《にちめん》さんの後塵《こうじん》を浴び続けるわけにはいかへんからねえ」

二年前、日綿実業（現・双日）が米国のスポーツ・カジュアル衣料のマックレガーとライセンス契約を結び、シャツ、ベスト、ジャケットなどを販売し、爆発的な成功をおさめた。中でも映画『理由なき反抗』でジェームズ・ディーンが着た赤いドリズラー（ジャンパー）は若者たちの心を捉え、ワンポイントマークの流行に先鞭をつけた。これは日本初の海外ブランドとのライセンス契約だった。

翌年には、鐘淵《かねぶち》紡績（現・カネボウ）がクリスチャン・ディオールと日本における輸入・販売契約を結び、華々しく売り出した。

「既製服が伸びてきてるから、商社の繊維ビジネスも、生地の国内外の販売や、羊毛や綿花の買い付けから、ブランド・ビジネスに変わっていくやろね」

「ブランド・ビジネスだと、主な儲けは製品輸入ですか？」

「それと生産受託やね。アパレル（メーカー）さんから仕様書もらって、生地を探して、ボタンやファスナー探して、型紙作って、縫製工場に材料渡して発注して、出来上がった商品を納めるっちゅう商売やね」

「結構手間ですね」

「うん。手間やけど、儲けは結構あるし、まあ時代の要請や。そのうち羊毛部なんて、なくなるかもしらへん」

「まさか」

「いやいや、わからへんよ。時代とともに商売の形は変わるから。それを見通すのが銀行さんの仕事やないか。まあ頑張ってや」

その晩――

サウジアラビアの紅海沿岸の街、ジェッダの古いホテルで、四人の男たちが四角いテーブルの上に緑のフェルト地を敷いた即席の麻雀卓を囲んでいた。

ジェッダは、聖地メッカの西六〇キロメートルのところにある港町で、巡礼基地として繁栄してきた。厳格なイスラム教国であるサウジアラビアの中では、外国人に対しても開かれた町で、国一番の商都である。暑さをしのぐための細密な格子の出窓を持った古い家々が多く、火焔樹《かえんじゅ》が鮮やかな朱色の花を咲かせ、ナツメヤシの木々には、納豆の束のように無数の実がなっている。

「……ロン！」

大手の合織メーカーの課長代理が、手元の牌《はい》を倒し、三人に見せた。

「あー、そういうことですか！　これはやられた！」

丸の内に本社を構える大手総合商社、東西実業の繊維部門の課長が苦笑した。

接待する側なので、相手が勝ってくれる分には文句はない。

点棒をやり取りすると、四人はすべての牌を崩してじゃらじゃらかき混ぜる。

「しかし、厳格なイスラム教国っていうのは、さすがにきついですね」

牌をかき混ぜながら、合織メーカーの主任がくわえタバコでいった。

一行は一週間前にパリ経由でサウジアラビアに入った。しばらく酒や遊びともお別れだというので、パリでは皆で二日間ほど飲み歩いた。

「気温が五十度くらいあるのは予想してたけど、こんなに湿気があるとはねえ！」

牌を取って、二段重ねで積み上げながら、合織メーカーの課長代理がいった。

四人が泊まっているのは、商人宿のような安ホテルで、室内の天井にはヤモリが三匹這っていた。

一行は、生地を詰め込んだスーツケースを持って、市場《スーク》にある衣料品店を一軒一軒回り、行商をしていた。合織メーカーの二人は二週間ほどで帰国するが、東西実業の二人は、このあとリビアや湾岸諸国を数ヶ月かけて回り、帰国するのは、十一月か十二月だ。

東レや帝人などが作る日本の生地は、汗を吸収せず、服の下で汗が流れ落ちるので、べとつかず、アラブの民族衣装用として評判がよい。行商は大変だが、利幅が五割もあるので、商社にとっても旨《うま》みがあった。

「佐伯君は、二年目だっけ？　行商には慣れたかい？」

合織メーカーの主任が、向かいにすわった佐伯洋平に訊いた。

「はい、なんとかやってます」

行商で日焼けした顔の佐伯洋平が、缶コーラを一口飲み、明るく答えた。

福岡県の修猷館《しゅうゆうかん》高校と慶應義塾大学を出て、一昨年《おととし》、東西実業に入社した若手だった。ややふっくらした顔立ちだが、高校時代はラグビーの選手で、体格はよい。性格は明るくおおらかで、若いわりには大人《たいじん》の風格がある。

「佐伯君は将来なにをやりたいの？　一生中近東で行商ってわけでもないんだろ？」

「はい、できれば羊毛か綿花のバイヤーをやってみたいと思います」

チャッ、チャッと音を立て、目の前に牌を積み上げながら答える。

「最近の若いのは、みんな、羊毛や綿花のバイヤー志望なんですよ」

四十歳くらいの東西実業の課長が苦笑した。

「まあ、カッコいいですからねえ」

「相場でしくじって、円形脱毛症になって、靴墨塗って出社してくるバイヤーもいますけどね」

東西実業の課長の言葉に、三人は笑った。

各自十三個の手牌を並べると、一人がサイコロを振り、誰の山から牌を取っていくかを決める。

四人は左回りで順番に牌を取り、できそうな役を考えながら、要らない牌を捨てていく。

「うーん……」

「あー、これはよくない」

「あのへんに赤が入ってんな、絶対。赤がいっぱい入ってる感じがするなあ」

順番に牌を取り、緑のフェルトの上にころんと牌を捨てたりしながら、各人がつぶやく。

五萬《ウーワン》、五筒《ウーピン》、五索《ウーソー》には文字や模様が赤で描かれた「ドラ」があり、これを持って上がると、点数が増える。逆に相手に行くと厄介な牌である。

「むむ……」

「これ、ほんとに悩むなあ」

段々熱を帯びてきて、世間話はしなくなる。

「ロン、上がります！」

佐伯が突然いって、自分の牌を倒した。

「ハクドラドラです」

白が三枚でドラが二枚、三千九百点の役だった。

「やっぱり佐伯のところに赤があったか！」

「あかん、失敗！　またやっちゃった！」

点棒を事務的にやり取りし、再び全部の牌を崩し、じゃらじゃらかき混ぜる。

そばに置いた椅子の上には、灰皿、皿に盛ったナツメヤシやピーナッツ、缶コーラ、黒い点棒ケースなどが置いてある。

室内の壁は湿気で汗をかき、エアコンがブイーンと振動しながら、冷たい空気を吐き出していた。

暗い窓の外から、夜の礼拝（サラート・ル・イシャー）を呼びかけるモスクのアザーンが聞こえてきた。

4

秋――

伊勢丹新宿店は、新宿三丁目の新宿通りと明治通りの交差点に建つ地上七階・地下二階の大型ビルである。竣工は昭和八年で、当時世界的に流行ったアールデコ調の凝った装飾や、孔雀《くじゃく》やブドウの模様が低層階の外壁に施され、その上に白亜の柱で垂直線を強調した上層部が載り、屋上には大きな丸の中に伊の文字が入った看板が地上を見下ろすかのように掲げられている。

田谷毅一は、技術顧問（役員待遇）の菅野美幸、デザイナー二人とともに、伊勢丹を訪れ、来年の夏物の商品についての打ち合わせに臨んだ。

会議用のテーブルの上には、菅野らのデザイン画や生地見本がところ狭しと並べられていた。

「……このドレスには、こちらのジャカードの布地なんかいかがでしょうか？」

ワイシャツ姿の田谷が、薄い藍色地に白い線でバラを描いた布地を相手に差し出す。

「これは、レーヨンですね？」

伊勢丹の商品研究室の男が手に取って見る。

「レーヨン五二パーセント、ナイロン四八パーセントです」

生地は田谷が桐生で仕入れてきたものだった。

群馬県桐生市は「西の西陣、東の桐生」といわれ、奈良時代から続く絹織物の産地だ。戦後は合織の生産も盛んになり、世界中に輸出している。

「なるほど……。高級感があって、年輩の婦人向けにはよさそうですねえ」

伊勢丹のバイヤーが布地の感触を確かめる。

「それと、ヤング向けには、こちらの明るい色を使ってはいかがかと思います」

菅野が布地の一つを手に取って示す。

黄色に近い草緑色の地に、様々な太さの水色とオレンジ色の縞が織り込まれていた。

「こちらはレーヨン六三パーセント、ポリエステル三七パーセントで、手触りが非常になめらかで、かつ軽い素材です」

「確かに……。ただこれ、ちょっと安っぽくないかなあ」

「それは作り方次第だと思います。色が斬新なので、来年のテーマにもなり得るんじゃないでしょうか」

百貨店業界は、消費者に商品を訴えやすいように、特定の色をテーマにしたキャンペーンを昭和三十年代から始めた。昭和三十五年は三越が地中海ブルー、三十六年は伊勢丹がイタリアンブルー、三十七年は高島屋や西武がシャーベットトーン（パステルカラー）、前年の昭和三十九年は伊勢丹が歌舞伎カラーをテーマにした。

「これで、どんな服がデザインできると思います？」

「そうですね。安っぽく見えないように、ちょっとフォーマルな感じのワンピースなんかにしたら面白いと思います。こんな感じですかね……」

田谷はそばにあったデッサン帳にさらさらと鉛筆を走らせる。

その絵を見て、伊勢丹の男たちがのけぞりそうになった。

「た、田谷さん、あなた、絵をどこで習ったんですか!?」

プロの画家やデザイナーが描くようなデッサンだった。

「昔、代々木の洋裁学校に行ってまして、その頃、見よう見まねでおぼえました」

「はあーっ、そうですか。……お見それしました」

田谷は見た目も仕事ぶりも肉体派なので、その男がこんな繊細なデッサンをするとは誰も想像していなかった。

「ところで、『ノーマ・タロー』の製造を、是非うちにやらせて頂けないでしょうか？」

夏物の企画の話が一段落したとき、田谷がいった。

伊勢丹はメルボルンの女性デザイナー、ノーマ・タローと提携し、同氏のデザインによる商品を売り出す計画を進めていた。

「うちは縫製もしっかりしていますし、他社に先駆けて立体裁断やグレーディング・マシーンを取り入れて、高い製造技術がありますから」

オリエント・レディはこの前年に、グレーディング・マシーンを導入し、多サイズ化に対応できる体制を作った。

「まあ、オリエント・レディさんの製品は作りがしっかりしている点は我々も認識しています。製造についてはこれからですが、手を挙げて頂いたことはおぼえておきましょう」

伊勢丹の商品開発室の男がいった。

「是非宜しくお願いいたします」

田谷は黒々としたオールバックの頭をテーブルにこすり付けるようにした。

打ち合わせが終わると、オリエント・レディの四人は池袋にある別の百貨店との打ち合わせに出向いた。

山手線の電車の中では、昨年、パリのデザイナー、アンドレ・クレージュが発表したパンタロン姿の女性や、この春のパリ・コレクションで披露され、日本でも大流行を始めたミニスカート姿の若い女性たちの姿が見られた。

日本人の洋装化とともに、パリ・モードをはじめとする外国のファッションが流入し、百貨店は高級イメージを高めるため、海外ブランドとの提携を活発化させていた。西武はテッド・ラピドス、高島屋はピエール・カルダン、松坂屋はニナ・リッチ、三越はギ・ラロッシュと提携し、広告やファッションショーで大々的に売り出した。

こうした外国ファッションの流入を手がけたのが総合商社で、これを「ブランド・ビジネス」と呼び、製品輸入や生産受託で大きな利益を上げた。

「……ちょっと店内を見て行きましょうか」

池袋の百貨店での打ち合わせが終わると、菅野美幸がいった。

「売り場を見て歩くと、いろいろ気付くこともありますから」

オリエント・レディの四人は一階から売り場を見て歩く。

館内では、増築工事やスプリンクラーの設置が行われているところだった。小売業界で唯一の大型店として君臨する百貨店は、毎年売上げを三〜五割伸ばす破竹の勢いで、各社とも積極的な設備投資に打って出ていた。

「……相変わらずデパートの屋上はにぎやかですねえ！」

最後に階段を上がって、屋上へ出ると、女性デザイナーの一人が声を上げた。

自動車の乗り物、ゲーム機、熱帯魚や金魚、小鳥、盆栽、ポップコーンや綿菓子の販売機、ゴルフクラブ、物置、墓石など、子ども用遊具と普通の売り場に置けない雑多な商品があふれ返っていた。

ベンチでは、親子連れ、仕事の途中らしい営業マン、失業者、休憩中のＯＬなどが冷たくなってきた風の中で菓子パンをかじったり、タバコを吸ったりしている。

「こんなのほしくないよ！」

ベンチで小学校一年生くらいの男の子が、不貞腐れた顔で父親を睨んでいた。

「そんなこといわんで、食べろ。美味《おい》しいから」

三十歳すぎの父親が、綿あめを子どもに差し出す。

「いらない！　食堂に行きたいよう」

ありとあらゆる料理を華やかにショーケースに陳列した百貨店の大食堂は庶民の憧れで、子ども向けのお子様ランチやパフェもある。

「まったく、しょうがないな……」

父親は悲しそうな顔でため息をつき、一人で綿あめを食べ始めた。

「あのお父さん、きっとなけなしのお金をはたいてデパートにきたんでしょうねえ」

二人の様子を見ながら、菅野美幸がいった。

「着ているものも、くたびれた感じだし」

菅野は、戦後、夫が急逝し、女手一つで二人の娘を育てた頃のことを思い出しているような表情である。

かたわらの田谷は、なにかを考えているような横顔で、ベンチの親子を凝視していた。

「日本も豊かになりましたね」

田谷が妙にさばさばした口調でいった。

「デパートには物があふれているし、食べたけりゃ、綿あめだって好きなだけ食べられるんですから」

その言葉は、苦い思い出を振り切ろうとしているかのようにも聞こえた。

「田谷君はどうして婦人服の仕事をしてるの？」

菅野が訊くと、田谷の横顔に一瞬、なにをいっているんだといいたげな激しい気配が浮かんだ。

「金のためですよ。仕事のえり好みなんかできるような境遇じゃなかったですから」


それから間もなく――

神田東松下町十八番地のオリエント・レディの本店で、社長の池田定六の怒声が響き渡った。

「この馬鹿者！　お前《まん》は、自分を何様だと思ってるだ!?」

作業用の長袖シャツに黒いズボン姿の池田が、飛び上がるようにしてげんこつで田谷毅一を殴りつけ、大柄な田谷が衝撃でよろめいた。

「三十一かそこらの若造が金時計をして粋がるな！　五十年早い！」

怒りの原因は、田谷が金の腕時計を買ったことだった。

「生涯一丁稚」がモットーで、常々華美や驕りを戒めている池田にとって、たとえ自分が貯めた金で買ったものであろうと、許しがたい行為だった。池田はゴルフも贅沢《ぜいたく》であるとして社員たちに禁じていた。

土間の周囲や畳の間で働いている社員たちが、こわごわとした表情で、二人の様子を盗み見ていた。

「おい、誰か、金づち持ってこい！」

怒りで顔を赤くした池田が、怒鳴った。

すぐに社員の一人が金づちを持って飛んできた。

「こういうもんは、こうしてくれら！」

池田は田谷から奪った金時計を土間に投げ捨てると、金づちでバラバラに叩き壊した。

田谷の顔から血の気が引き、一瞬殺気立った目つきで池田を睨んだが、すぐにうつむいた。

「田谷、金時計を買う金があったら、田舎のお袋さんに仕送りでもするずら！」

身長一五六センチの池田は、自分より一五センチ以上高い田谷を見上げるように睨み付ける。

「申し訳ありませんでした」

殴られて左のこめかみのあたりが赤くなった田谷は、きびきびと頭を下げる。絶対権力者である池田に逆らえないことはよく分かっている。

「こんな下らんことを考える暇があったら、仕事のことでも考えろ！」

田谷は直立不動でうなだれ、池田は厳しい表情のまま、畳の間に上がる。

「ごめん下さい」

表の引き戸をガラガラと引いて、ぱりっとした背広姿の男二人が入ってきた。

池田が株式上場について相談をしている証券会社の男たちだった。

「いやあ、どうも御足労頂きまして恐縮です。どうぞ中へ」

先ほどの剣幕とは打って変わった笑顔で、池田は二人の証券マンを迎えた。

池田が襖《ふすま》を開け、二人の証券マンとともに奥の間に消えると、田谷は、土間に這いつくばって、バラバラになった金時計の破片をかき集めた。

第四章　株式上場

1

〽

昭和四十四年初夏――

フランシーヌの場合は　あまりにもおばかさん
フランシーヌの場合は　あまりにもさびしい
三月三十日の日曜日　パリの朝に燃えた命一つ
フランシーヌ

（新谷のり子『フランシーヌの場合』）

東大医学部の学生処分や日本大学当局の授業料使い込み問題に端を発した学生運動が

燎原《りょうげん》の火のように全国に広がり、一月には八千五百人の機動隊員が東大安田講堂に立てこもった全共闘学生を放水や催涙弾で強制排除し、二月には日大でも機動隊による封鎖の強制解除が行われた。

一方、GNP（国民総生産）で西ドイツを抜いて世界第二位に躍り出た日本には豊かな時代が到来し、グループサウンズが全盛で、若者たちの間ではヒッピー・ファッションやジーンズ、パンタロンなどが流行っていた。

オリエント・レディ社長の池田定六は田谷毅一とともに、千歳船橋《ちとせふなばし》駅で小田急線の電車を降り、住宅地の中の緩やかな坂道を上り始めた。

欅《けやき》の街路樹が多く、木漏れ日が道や道路わきの小公園に降り注いでいた。道は住宅街の中の一本道で、曲がりくねっており、城下町を歩いているような気分になる。小ぢんまりとした一戸建てが多く、安定した会社で課長くらいまで勤め上げれば、なんとか持てそうな感じの家々だ。

二十分ほど歩き、世田谷区船橋三丁目のちょっとした高台に到着すると、東京重機工業（JUKI）の中央技術研究所が現れた。五年前に竣工した鉄筋二階建て、建坪一〇六四平米の新しい建物で、広い緑の前庭を持っていた。

同社は、日中戦争が始まった翌昭和十三年に、帝国陸軍のための機関銃や小銃を製造するために設立された。戦後はパンを焼いて糊口《ここう》をしのぎ、昭和二十二年に家庭用ミシンを売り出して、ミシンメーカーに転業した。最近では、超音波ボタン穴かがり装置を開発し、縫製の省力化に貢献している。

池田と田谷は研究室の一つにとおされ、新製品を披露された。

「……こりゃあすごい！　まるで魔法だ！」

目の前で、ジャンジャンジャンジャンという規則的な機械音を立てながら、厚手の布地を縫い上げてゆく一台のミシンを見つめながら、池田が感嘆した。

縫い終わると、ミシン針の下で小型の刃が一閃《いっせん》し、ガッチャンという音とともに自動で糸を切る。

「スピードがちょっくら遅くないですか？」

一緒に見ていた田谷毅一がいった。

金時計を壊されたあとも、忠実に働き、百貨店向け売上げを着実に伸ばし、昨年、全国の百貨店との取引を統括する第一営業部長に抜擢された。

池田の叱り方は厳しいが、その場だけのからっとしたもので、田谷も田谷で、いちいちいじけたりしない精神的なタフネスを持っていた。ただし内心の恨みは深かった。

「いえ、もちろん高速でも縫えますよ。起動、停止、変速、糸切りはすべてペダルで操作するようになっています」

作業服姿の技術者がいい、別の布地をセットする。

今度は、ダダダダダダダダッ、と一気に縫い、最後にガッチャンと糸を切る。

「おおーっ！」

池田と田谷が歓声を上げる。

「おい、こりゃあ既製服業界に革命が起きるぞ！」

リムの上部が黒縁の眼鏡をかけた池田が顔を上気させる。

「このミシンを使って頂ければ、今の三倍のスピードで製品を作れると思います」

JUKIの技術者が誇らしげにいった。

普通のミシンの場合、必要な部分を縫い終わると、いったんミシンを止めて針を上げ、両手で布地を引き出し、次に鋏《はさみ》を手にとって、糸を切らなくてはならない。背広を一着縫う場合は、二百回程度の糸切りが必要で、縫う時間の倍を要する。

「一台十万円という値段も採算ラインずらな」

池田が納得顔でうなずく。

「オンワード（樫山）がパフ（西ドイツのミシン・メーカー）の自動糸切りミシンを去年入れたっちゅうんで、話を聞いてみたら二十万円もするっていうじゃんか。しかも性能もそれほどよくねえちゅうど」

池田もパフ社製のミシン導入を考えたが、コストや性能の点から見送った。二十万円は、銀行の大卒初任給の約六倍で、オルガンなら五台が買える。

「早速板橋の工場で使ってみましょう」

オリエント・レディは、七年前に東京都板橋区に自社の縫製加工工場を開設し、来年、福島県の須賀川《すかがわ》市にも同種の工場を開設する計画である。


秋——

オリエント・レディで三人の新任取締役が選任された。

一人は池田定六の甥《おい》で山梨県出身の三十七歳の男、もう一人は三十六歳の池田の女婿・池田文男、そして最後の一人が田谷毅一で、最年少の三十五歳である。

彼らの上に五十四歳の社長の池田、明治生まれの六十一歳の山梨県出身の専務、常務、三人の取締役の合計六人がいるが、これまで一番若い取締役でも大正八年生まれの五十歳だったので、大幅な若返りだ。社長の池田は「社会状況は目まぐるしい変動を続けており、企業の優劣はここ二、三年で決着がつく。会社の発展のためには若いエネルギーが必要だと考え、決断した」と述べた。

三人の新役員は、それぞれ製産部門、管理部門、百貨店営業を管掌することになった。池田の甥、同女婿、営業の実力者ということで、いずれも将来の社長の座を争ってもおかしくないが、三人の中では池田文男が本命と見られた。

すでに前年、東神田二丁目に鉄筋コンクリート造り・地上八階・地下二階・延べ床面積約五〇〇〇平米の近代的な新社屋が完成し、約四百人の社員が働いていた。売上げは過去三年間で倍増し、五十億円を突破した。

池田定六は、社員食堂でいつもご飯に味噌汁をかけてかき込んでいた。社員たちはそれを見て「こんな綺麗《きれい》な食堂でみっともない」と眉を顰《ひそ》めたりしていた。あるとき部下の一人が「社長、会社も大きくなったんですから、お昼ご飯くらいゆっくり食べて下さい」というと、「馬鹿なことをいうな。早く食事を済まして、取引先のところに行かにゃならんのだ。緊張感をなくしては駄目だ。うちは同業他社に比べて、まだまだ売上げも利益も小さい。俺は働いて、働いて、みんなを幸せにしたいのだ」と答えた。

工場に導入されたJUKIの自動糸切りミシンは、導入後、電気回路が熱でショートしたり、電気制御系の接触不良があり、メーカーがいったん製品を回収して部品を交換する一幕があったが、その後は順調に稼働し、増産に大きく寄与した。

同じ頃——

ロンドンは街路の大きなスズカケノ木々が黄金色に色づいていた。

三陽商会の社員二人と、太十縫製の社長と技術スタッフがロンドンのバーバリー本社で話し合いをしていた。茨城県那珂湊《なかみなと》市にある太十縫製は、長年、三陽商会のコートの縫製を引き受けてきた会社だ。

労働党のハロルド・ウィルソン政権下にある英国では、労使紛争が多発し、国有化政策で企業の経営改善努力も減退し、経済不振で「ヨーロッパの病人」と呼ばれている。一方で、ビートルズ、ミニスカート、ツイッギー、マリー・クワント、ヴィダル・サスーン、ジェームズ・ボンドなど、ロンドン発の流行が世界を席巻《せっけん》しており、「スウィンギング（いかす）・ロンドン」と呼ばれる活気にあふれていた。

バーバリー本社は、ピカデリー・サーカスから南のテームズ川方向に坂道を下った、ヘイマーケット（Haymarket）十八～二十一番地にあった。創業者のトーマス・バーバリーが一九一二年に建てた、どっしりとした三階建ての石造りの建物で、外壁のドーリア式列柱、二階部分のアーチ形の窓、建物正面の社名入りの金色の時計などが特徴である。

「……やっぱり、このラグラン袖をしっかりプレスする機械と接着機が要りますね」

技術研修を受けている作業用の部屋で、作業台の上に広げた試作品のトレンチコートの袖の部分を示しながら、太十縫製の二十代の技術者がいった。

ラグラン袖は襟ぐりまで切れ目なく続いている袖で、鎖骨から腋窩《えきか》にかけて斜めに縫い目が入る。

「それと貫通ポケットを作るためのプレス機と、二本針ミシンも要ると思います」

貫通ポケットは、コートを着たままジャケットやズボンにまで手が届くようになっているポケットで、トレンチコートの特徴だ。

「うーん、そうだなあ」

太十縫製の社長がうなずく。

二人のやり取りを三陽商会の二人の社員が真剣な表情で見守っていた。

四人は、来年の生産開始を目指し、必要な技術を懸命に吸収しているところだった。

三井物産の仲介で、バーバリーとの提携の話が持ち込まれたのはこの春のことだ。

三井物産を窓口として交渉が始まり、契約期間、ロイヤリティ、商標・特許権の使用、守秘義務など、契約の細部が詰められていった。バーバリー社がこだわったのが、高い品質の維持で、「試作品の出来が悪ければ、提携はしない」とあらかじめ念を押された。

三陽商会の技術スタッフは、太十縫製の工場に泊まり込み、試作品を作った。先方のピーコック社長らがそれを吟味し、「とても高い水準だ」と満足した。十月一日には提携が決定し、この四人が技術研修のためにロンドンに送り込まれた。先般の試作品はバーバリー社から渡されたサンプルと型紙だけを頼りに作ったもので、技術の細部や生産方式については、ロンドン本社や英国中部キャッスルフォード市の工場などで研修を受ける。また、日本市場で求められる仕様や生産方法も考えなくてはならない。

2

翌年（昭和四十五年）秋――

田谷毅一は、取引先である百貨店を訪問するため、部下と一緒に都心を歩いていた。

アジア初の万国博覧会が三月十五日から九月十三日まで大阪府吹田《すいた》市の千里丘陵で開催され、東京では美濃部《みのべ》亮吉知事のもと、銀座、新宿、池袋、浅草で毎日曜日歩行者天国が始まった。

「昭和元禄《げんろく》」が本格化し、豊かさとともに、ファッションに対する関心が急速に高まっていた。

「おっ、ワールドのオンリーショップじゃないか！　こんな都心にもできたのか!?」

田谷が広い通りに面した一軒の洋品店の前で立ち止まった。

数体のマネキンが、黒と白の大胆なチェック柄のトップスに白のパンタロン、白のニットトシャツにすみれ色のカーディガンとミニスカート、黒いタートルネックのシャツにゆったりした砂色のジャケットとパンタロン、幅広のベルト、といったインパクトのある着こなしで陳列されていた。

「おい、塩崎、よく見てみろ」

田谷は顎で店を示す。池田の前では相変わらず大人しくしているが、部下の前では傲然とふるまうことが多くなった。

「はっ、かしこまりました！」

両手に商品見本の入った風呂敷包みをぶら下げ、田谷の半歩後ろを歩いていた背の高い若者が、紺色のスーツの裾を翻《ひるがえ》し、ショーウィンドーの前に駆け寄る。

二年前に法政大学を卒業して入社した塩崎健夫《たけお》だった。オリエント・レディは、三年前から大卒の採用を始め、二期生の塩崎は田谷の鞄持ちとして修業をしていた。

「取締役、わたくしごときが僭越《せんえつ》ですが、確かに魅力的に見える感じがいたします」

神戸市三宮発祥のワールドは、婦人ニット（メリヤス）卸商として昭和三十四年に創業された後発だが、欧米のコーディネートという発想をいち早く取り入れ、帽子、バッグ、ベルト、アクセサリー、靴なども含め、少し高めで品質のよい婦人服を組み合わせて売るやり方で業績を伸ばしてきた。

当初は、コーディネートに馴染《なじ》みがない小売店に、セーター、ブラウス、スカートなどを単品で、しかも他社製品と一緒に陳列されて苦戦したが、小売店を自社の製品だけを扱うオンリーショップ（専門店）にすることで打開した。東京には五年前に進出し、オリエント・レディと同じ東神田に東京事務所を構え、市場を開拓している。

「うちの取引先でも、ワールドのオンリーショップにならんかと、口説かれた先がだいぶあるようだな」

　田谷がショーウィンドーを見ながらいう。

「そうでございますか……。しかし、どうやって口説くのでしょうか？　ワールドの商品だけを扱うというのは、それなりにリスクがあると思いますが」

　塩崎は恐る恐る訊く。入社三年目の若者にとって、取締役の田谷は雲の上の存在だ。

「畑崎（廣敏《ひろとし》）の弟の重雄が、切り込み隊長で東京に乗り込んで、商品を納めるだけじゃなく、陳列、棚卸し、掃除に至るまでなんでも手伝って、必死で食い込んでるそうだ」

　畑崎廣敏は、現社長の木口衞《まもる》とともにワールドを創業した男で、現在は専務。兵庫県立洲本《すもと》商業高校（現・県立洲本実業高校）卒で、負けん気が強く、大学に行った同級生と社会で勝負したいと、猛烈な営業活動で会社を引っ張ってきたところは、田谷によく似ている。

「もちろん、小売店にとって、儲からんと話にならん。ワールドはトータル・コーディネートを教えるだけでなく、西ドイツから陳列（ディスプレイ）の専門家を招いて、陳列専門のセールスコーディネート・セクションまで作ったらしい」

　オンリーショップに対しては完全な買取り販売で、小売店側に売れ残りリスクはあるが、高い利益率を提供している。

「（東京）オリンピックのあと、郊外のショッピングセンターやファッションビルができたおかげで、専門店街が衰退して、ワールドも楽じゃないはずだが……なかなかしぶといな」

この頃の年商は、レナウン三百六十一億円、樫山（現・オンワード樫山）二百七十八億円、三陽商会百二十一億円、イトキン百二十億円、オリエント・レディ七十三億円、ワールド三十五億円である。

「レナウンはアーノルドパーマーで大当たりをとったし、うちも新機軸を考えんといかんな」

前年、レナウンは空前のゴルフブームを背景に、米国の著名プロゴルファーの名前を冠した日本独自のブランドを立ち上げた。赤黄白緑の四色の傘をマークにしたトータルファミリーブランドで、アーノルド・パーマー自身をＣＭに起用し、戦後最大といわれる爆発的ヒットとなった。

それから間もなく――

東神田二丁目にあるオリエント・レディの近代的な本社ビルの会議室で、池田定六ら経営陣が話し合っていた。

「……なに、民青同盟までできただと!?」

会議用のテーブルの中央にすわった池田定六が驚いた顔をした。

民青同盟（正式名称・日本民主青年同盟）は共産党系の学生・青年組織だ。

「はい、社員の一部が加入して、労働組合を作ろうとしています」

管理部門担当役員を務めている池田の女婿、文男がいった。小柄で眉が濃く、いかにも実直そうな風貌である。

「全繊《ぜんせん》同盟だけじゃなく、民青も入ってきましたか……。これは面倒なことになりましたなあ」

額が禿《は》げ上がり、分厚い眼鏡をかけた明治生まれの専務がぼやく。

最近、繊維業界の企業別労働組合を束ねる全国的組織、全繊同盟（正式名称・全国繊維産業労働組合同盟）が、自分たちの組織拡大のためもあって、オリエント・レディの役員や職員に組合結成を働きかけていた。この日の会議はその対応策を話し合うためのものだった。

「御用組合を作って、両方の動きを封じ込めるっていうのはどうでしょうか？」

恰幅が一段とよくなってきた田谷毅一がいった。

「いやいや、ちょっと待て」

池田がいった。

「経営の近代化のためには、ちゃんとした労働組合を作らにゃいかんら」

意外な言葉に役員たちは驚いたが、過激なほどの合理主義者である池田らしい考え方だった。

「役員の眼と、社員の眼《め》っていう複眼で経営全般を見て、初めて近代経営ができるというもんだ」

池田は、この場にオブザーバーとして呼んだ東西実業の佐伯洋平に視線を向ける。

「佐伯さん、あんた、どう思う？」

「まあ、共産党系に組合を作られたら厄介なことになるのは確かですが、全繊同盟ならいいかもしれませんね」

大きな身体に大人《たいじん》ふうの雰囲気を漂わせた佐伯は単刀直入にいった。

中近東で数年間生地の行商をしたあと、丸の内にある本社で婦人服メーカーとの取引を担当するようになっていた。まだ二十九歳の若さだが、一流企業の社員ならではの見識があり、物言いも率直なので、池田ら経営陣から信頼を得ていた。

「全繊同盟は、昭和二十五年に総同盟（日本労働組合総同盟）の左傾化を嫌って脱退したことからも分かるように、労働運動の中では右派です。要は、会社寄りです」

総同盟は、労働組合のナショナルセンター（全国中央組織）で、支持政党は日本社会党である。

「東レや帝人なんかの紡績大手の労組はだいたい全繊同盟の創立メンバーですし、イトーヨーカ堂の労組も九月に加盟したそうです」

「ほう、伊藤さんのところも入ったんか！」

池田は、イトーヨーカ堂の伊藤雅俊社長とは昔からの馴染みで、互いに信頼し合う仲だ。

北千住にあった洋品店、羊華堂では、経営者だった伊藤譲が昭和三十一年に喘息の発作のため四十四歳の若さで急死した。社長は弟の雅俊が引き継ぎ、昭和三十六年にスーパーマーケット・チェーンになるという方針を打ち出した。同年、赤羽店（売場面積三七一平米）を出店し、翌年以降、北浦和、小岩、立石《たていし》、蒲田《かまた》、大山（売場面積三三〇〇平米）などに進出。昭和四十二年には本部を港区麻布十番の近代的なビルに構え、翌年には十六店舗を有し、年商二百五十億円で、百貨店を含め全国第二十二位の小売業者となった。

「うちの労組が全繊同盟に加入したら、民青はどうなりますか？」

田谷が訊いた。

「まあ、モチはモチ屋で、彼らに共産党系を抑えてもらうのが一番でしょう」

佐伯の言葉に一同がうなずく。

「よし、分かった。その方向でいこうじゃないか」

池田が決断し、オリエント・レディは、全繊同盟傘下で労働組合を作ることになった。

二ヶ月後（十二月二十日すぎ）――

田谷毅一は、東神田二丁目の本社ビルの中にある第一営業部のフロアーのデスクで、電話をかけていた。

「……はい、明日は、十人ほど手伝いに行かせますんで。……いやいや、ご遠慮なく。伊勢丹さんは、弊社にとってナンバーワンのお取引先ですので、はっはっは」

黒々とした頭髪をオールバックにした田谷は、受話器を耳にあて、役員らしい貫禄を漂わせて笑う。

相手は、伊勢丹の婦人服売り場の責任者だった。暮れのボーナスシーズンのかき入れ時に、オリエント・レディは、営業だけでなく、デザイナーや管理部門の社員たちも総出で、デパートの応援に行くのが慣例だ。

「それじゃあ、十人分のバッジを用意しておいて下さい。……はい、宜しくお願いいたします。失礼いたします」

田谷は見えない相手に頭を下げて受話器を置くと、すぐに次の番号をダイヤルする。目の前では、第一営業部の男たちが一心不乱に仕事をしていた。田谷は部下に仕事中の私語を一切禁止している。私語の禁止は、年に一回休日に千葉県の運動場で開かれる社内の軟式テニス大会でも同様で、女性デザイナーと喋っていた営業マンが上司に殴られたこともある。

「……ああ、どうもー。オリエント・レディの田谷でございます。いつもお世話になっております」

相手は別の百貨店の婦人服売り場の責任者だ。

「明日の応援ですが、うちのほうから六人行かせますので。……はい、バッジのほう、何卒《なにとぞ》宜しくお願いいたします」

応援に行った社員たちは、その百貨店のバッジを着け、あたかも百貨店の社員のように接客する。

「おい、明日の応援のリストはできたか？」

電話を終えると、目の前に机を並べて仕事をしている男たちの一人に大声で訊いた。

「はっ、はい！　できております！」

部下の一人が立ち上がり、資料を摑んで、田谷の前に駆け付けた。

翌日――
伊勢丹新宿店は、クリスマスの飾り付けがされ、高い天井から八角形のヨーロッパふうの角灯が下がる新宿通り側のメインエントランスを入ると、ショーケースに金銀の宝飾品が陳列され、店員たちが接客をしている。女性店員の数は多く、ジャケット姿が高級感を醸し出している。

田谷毅一は二階の婦人服売り場で、他の社員たちと一緒に接客をした。

「いらっしゃいませ！」

「いらっしゃいませ！」

宝石のような照明が降り注ぐ中、伊勢丹の店員、「マネキン」と呼ばれる販売員、アパレル各社の応援の社員たちが、上りのエスカレーターから次々と流れ出てくる来店客たちを迎えていた。

ごった返す店内には、季節にふさわしい音楽も流され、華やぎを一層増している。

「いらっしゃいませ。フォーマル・ドレスでございますか？」

真っ白なワイシャツで大柄な身体を包み、伊勢丹のバッジを着けた田谷は、五十歳くらいの女性の接客をする。客は、楕円《だえん》形の眼鏡をかけ、茶色のウールのコートを着た、裕福なマダムふうである。

「そうなのよ。パーティーなんかに着て行かれるようなのが一着ほしいんだけど……。なんかたくさんありすぎて、迷っちゃうわね」

売り場には、二十〜三十のハンガーがぶら下がった車輪付きの「ハンガーラック」にあふれ返るほど、コートや婦人服が陳列されていた。

婦人用スーツとスカートに占める既製服の比率はそれぞれ四三・二パーセントと六

九・三パーセントになり、イージー・オーダーの八・四パーセントと二パーセントを大きく引き離した。

　去る四月には、ＪＩＳ（Japanese Industrial Standards＝日本工業規格）が、工業技術院による体格調査にもとづいて「既成衣料呼びサイズ」を定め、既製服の寸法を統一した。

「さようでございますか。こちらなどはいかがでしょうか？」

　田谷は愛想よくいって、ハンガーラックからドレスを一着取り出す。

「そうねえ。ゴージャスは、ゴージャスだけど……ちょっと、あたしに似合うかしらねえ？」

「もう少しシンプルな感じでしたら、こういったものもございます」

　田谷は別のドレスを手に取って見せる。両方ともオリエント・レディの商品だ。

「うーん、こちらのほうがしっくりくるかしらねえ」

「シンプルなほうが長く着られますしねえ。……ちょっとお召しになってみますか？」

　田谷は婦人客を試着室へ案内する。

「いかがでございますか？」

　少し経って田谷が訊くと、試着室のカーテンが開いて、ドレスを着た女性が姿を現した。

「ああ、よくお似合いでございます！」

「そう。じゃあ、これ頂こうかしら」

女性客は満足そうにいった。

「でもちょっと袖と裾が長いのよ」

「お直しでございますね。かしこまりました」

田谷はポケットからメジャーを取り出し、てきぱきと採寸し、直しの箇所にピンを入れる。

「あなた、慣れてるわねえ！　昔、仕立て屋さんで働いていたの？」

「ははは、まあ、そのようなものでございます」

黒々としたオールバックの田谷は愛想笑いを浮かべる。

「ところでお客様、こちらのドレスに合うコートなどはいかがでしょうか？」

採寸が終わると、田谷がいった。

ワールド流のコーディネート販売を取り入れ、オリエント・レディでも着こなし方を提案し、セット販売による売上げ増を目指している。

「コート？　うーん、今のところ買う予定はないんだけれど」

「実は、ちょうど今、こちらのドレスに合いそうなコートがお安くなっておりまして。ご覧になるだけでもいかがでしょうか？」

田谷は抑揚たっぷりに力説する。コートは値が張るので、利幅も大きい。

「あら、そう。じゃあ、見てみようかしらね」

「有難うございます。こちらでございます」

採寸が終わったドレスを素早くそばにいたオリエント・レディの社員に渡し、女性客をコート売り場に案内した。


その晩——

オリエント・レディ本社の第一営業部でこの日の売上げの報告が行われていた。

「……3番のウールジャケットが五枚、14番のスカートが三枚、『サザーク』が二枚、8番のドレスが二枚……」

首都圏で百貨店を担当している営業マンたち十人ほどが、会議室のテーブルを囲み、自分の担当店の売上げを報告していた。

室内にはタバコの灰色の煙がうっすらと漂っていた。

「よし、次」

テーブル中央の席に陣取った取締役第一営業部長の田谷毅一が、太い声で命じる。

時刻は午後九時半すぎである。

この日は全員が百貨店の応援に行き、会社に戻ってきたのは、午後八時すぎだった

（この頃の百貨店の営業はだいたい午後六時まで）。

会議室の窓の向こうでは馬喰町、小伝馬町から日本橋方面のビルの灯りやネオンが瞬《またた》いている。

「はい。池西《いけせい》（西武百貨店池袋本店）ですが、2番のジャケットが二枚、3番が三枚、17番のドレスが三枚、『サザーク』が二枚……」

オリエント・レディでは、商品型番は124－55003のように付けられている。12がブランド番号、4がシーズン番号（春、夏、秋、冬）、55がアイテム番号（ニット・スカートなど）、最後の003がその商品の通し番号だ。124－55003という型番なら、「オーキッド」というブランドの冬物のジャケットの003番という意味だ。さらに色については、カラーは1A（オフホワイト）、5A（赤）、7B（青）のように番号とアルファベットで表す。A、Bは色の濃淡である。7B－Mであれば、青色のMサイズを意味する。

各シーズンの売れ筋はだいたい十品番程度なので、営業マンたちは空でおぼえている。

「うーむ、『サザーク』の初動が今一つだな……。なにが原因だ？」

「サザーク」は英国のコート・メーカー、サザーク社と提携して売り出したコートだ。厚めの生地で、オリエント・レディには珍しく、ミリタリー調の商品である。ポスターには「シンプルだからわたしは映える」というキャッチコピーを使った。

「取締役、やはり、これは……色が原因ではないでしょうか？」

営業マンの一人、塩崎健夫が恐る恐るいった。

「色？　なにが問題なんだ？」

田谷がじろりと視線を向ける。

「はい。色が明るすぎるように思います。日本の婦人たちは、まだここまでの色を受け入れる段階にはきていないのではないでしょうか」

「サザーク」は英国メーカーの助言にしたがって、多少渋めではあるが、黄色という大胆な色で売り出した。

「色か……。マネキンさんたちは、どういってるんだ？」

マネキンとは、販売員派遣会社の斡旋《あっせん》で、オリエント・レディなどアパレル・メーカーの契約社員として百貨店で働いている女性たちだ。ファッション好きが多く、売れ筋に関する嗅覚は鋭い。働くにあたっては、その百貨店で研修を受け、バッジも制服も百貨店のものを身に着ける。

「はっ、はい。マネキンさんたちも同じような意見です」

背広姿の塩崎は、若干しどろもどろでいった。

「お前、本当にマネキンさんに訊いてるのか？」

「はっ、はい、それは……もちろんです！」

雷を落とされるかと思って、塩崎は首をすくめ、テーブルについた他の男たちも緊張する。

少しでも努力が足りないと、田谷は容赦なく怒声と罵声を浴びせた。

「ふん、そうか。まあ、情報収集が若干足りないようだが……」

田谷がマッチで別のタバコに火を点《つ》け、じろりとした視線を塩崎に注ぐ。タバコを吸っているのは田谷一人だけだ。営業マンたちはいつ質問が飛んでくるかもしれないので、喫煙する余裕はない。

「とにかく、日頃からいってるようにだな、マネキンさんと意思疎通をよくして、売れ筋や問題点に関する情報を吸い上げるのがお前らの仕事だぞ」

威嚇効果十分と見て、あえて雷は落とさない。

営業マンたちの強張った顔に、ほっとした気配が漂う。

「『サザーク』に関しては、なにが問題なのか、どうすれば売れるのか、マネキンさんに訊いて、お前ら自身も考えて、明日もう一度全員が報告しろ」

「かしこまりました!」

全員が叫び、必死になって手帳にメモを取る。

「それから、冬物の結果は春物の売れ行きにつながるのを忘れるな。どの春物がいけそうか、今のうちに見極めるんだ」

「はい！」

「よし、次！」

「はい。新宿京王（京王百貨店）ですが、4番のジャケットが二枚、16番のドレスが二枚、8番のニットが五枚、『サザーク』が……」

くわえタバコで報告を聞きながら、田谷はパチパチとそろばんを弾き、品番ごとの売上げを集計していく。

このあと売れ筋を取りまとめ、売り逃しがないように製造部門に発注をかける。一方、製造部門では、あらかじめ売れ筋の予想を立て、生地メーカーや縫製工場の生産余力を見ながら、必要に応じて彼らをスタンバイさせている。店頭での売れ行きから増産・補充までのレスポンス・タイムを最小にするのが田谷毅一の営業スタイルだ。

杉並の自宅に戻るのは、毎日午前様だ。四年前に池田定六の紹介で社外の女性と見合い結婚し、娘も二人もうけたが、家庭生活は早くも崩壊しかけていた。

3

三年後（昭和四十八年）——

パリの街路樹のプラタナスはすっかり葉を落とし、枝に丸い実がぶら下がっていたが、日差しには春の気配が感じられた。

社長の池田定六、ぶ厚い眼鏡をかけた腹心の専務、技術顧問（役員待遇）の菅野美幸ら、オリエント・レディの一行七人はパリのメトロ（地下鉄）に揺られていた。

大半の路線が第二次大戦前に開業したメトロは老朽化し、ギシーッ、ゴーッと線路を軋《きし》ませ、手動式のドアは開閉するとバタン、バタンと大きな音を立てる。

白人、黒人、アジア系など雑多な人種で混み合う車内で、中年の流しがアコーディオンを奏でていた。『枯葉』『エリーゼのために』『パリの空の下』といったよく知られた曲だ。

「ありふれた曲ですけど、不思議と心に沁《し》みますね」

コートの襟を立てた菅野美幸が、流しの男を見ていった。

ベレー帽にくたびれたジャケット姿で、アコーディオンの鍵盤は黄ばんでいた。

「そりゃあ菅野さん、ここがパリだからだよ」

ウールの黒いコートを着込み、マフラーで襟元を固めた池田がいうと、一同はうなずいたり、微笑したりする。

オリエント・レディの七人は、一度電車を乗り換え、ファッションショーの会場へ向かうところである。渡航一回分の外貨持出し制限が三千ドルで、パリ中心部のホテルの宿泊料は高いので、オペラ駅から数駅離れた場所の三つ星ホテルに泊まっていた。

池田と腹心の専務が初めて欧州の視察に出かけたのは、民間人の海外渡航が初めて許された昭和三十九年（外貨持出し制限五百ドル）だった。その後、会社のデザイナーなどを積極的に海外に派遣した。

オリエント・レディの一行は、高田賢三のショーが行われる会場に到着すると、招待券を提示し、ランウェイの両脇に設けられた席にすわった。

観客は主にバイヤーとメディア関係者だ。

高田は一九七〇年にパリに店を開いて以来、若い世代から圧倒的な支持を得て、ファッション界に旋風を巻き起こした。

間もなく音楽が始まり、白熱したスポットライトに照らし出されたランウェイに、秋冬物の新作を身にまとったモデルたちが姿を現した。細い身体で人形を思わせるモデルたちは、肩を左右に軽く揺するようにして、ランウェイを行ったりきたりする。

「今年は、フォークロア（民俗）調ですね……」

メモ帳とペンを手にした菅野がつぶやく。

短いつばの丸い帽子、東欧の農民を思わせる色鮮やかな模様が入った大きな上着、ゆったりとした花びらのようなスカートにブーツ。

「ルーズフィットのビッグ・ルックだな」

池田がいった。

「ニットが流行るかもしれんな」

ショーは、最後に十数人のモデルたちが一列に並んで拍手を浴びながらランウェイを行進し、彼女たちが袖に消えると高田が現れて手を振り、一礼して終わった。

観客たちは立ち上がり、会場を後にする。

パリ・コレクションのこの時期、市内で数多くのブランドの新作ショーが開催され、バイヤーやメディア関係者は、ショーからショーへと飛び歩く。

翌年（昭和四十九年）五月四日——

神戸はやや雲の多い穏やかな晴天で、日中の最高気温が二十一・八度というすごしやすい日だった。

同市東灘区魚崎は、「灘の生一本《きいっぽん》」で知られる灘五郷《なだごごう》の一つで、酒造りの歴史は鎌倉時代末頃まで遡る。海に近く、明るく開放的な雰囲気の土地で、六甲山の麓から流れ出て大阪湾に注ぐ清流、住吉川が酒造りを支えている。

私立灘中学校・高等学校の校舎は、魚崎北町八丁目にある。地元の酒造家、「菊正宗」の嘉納治郎右衛門《かのうじろうえもん》、「白鶴」の嘉納治兵衛《じへえ》、「櫻正宗《さくらまさむね》」の山邑太左衛門《やまむらたざえもん》によって、昭和二年に旧制灘中学校として創立された中高一貫教育の男子校だ。

住吉川から東の方角に坂道を四〇メートルほど下ったところに赤茶色の太い石の門柱

が対になって立ち、桜、松、モミジなどが植えられた前庭の奥に、鉄筋コンクリート造りの本館が建っている。万年筆のペン先を思わせる縦長五角形の窓を持つ砂色の洋風建築で、のちに国の登録有形文化財に指定される個性的なデザインである。

前日から文化祭が行われており、本館二階の大講堂では、午前中、演劇部による『ひかりごけ』（武田泰淳《たいじゅん》脚本）の上演、ブラスバンド部の『ロミオとジュリエット』『ロシアより愛をこめて』の演奏、グリークラブの『十一月にふる雨』『雨の日に見る』などの男性合唱、午後に入って高校三年有志による演劇『試験に出る劇』などが披露された。

午後二時すぎ、大講堂に、灘中・高の生徒や保護者たちが集まり、正面の壇上の男の話に耳を傾けていた。八百人から千人を収容できる講堂は満席で、人いきれでむせ返るようだった。

「……わたしがいた頃の灘校はですね、いわば金持ちのぼんぼんの学校でしたね。服装は坊主頭に制服でした」

額が広く、リムの上の部分が黒い眼鏡をかけた痩身の男は『海と毒薬』や『沈黙』を書いたベストセラー作家の遠藤周作で、文化祭の特別企画の講演だった。

「今日、こちらにくることを、勝山先生に話しましたら、『きみのいた頃の灘と、今の灘とは別の学校やと思ってくれ』と。そういわれました」

灘中・高校長の勝山正躬《まさみ》は、昭和十一年に京大文学部を卒業後、国語教師として灘中学に着任し、遠藤も教わった。昭和二十三年に教頭、同四十六年に校長となり、東大至上主義へと舵《かじ》を切って、灘を日本屈指の進学校に押し上げた。

卒業生の進学先は、一学年約二百二十人のうち、上位二十人くらいが東大理Ⅲ（医学部）、それ以外の二十人が京大・阪大の医学部、百五十位くらいまでが東大理Ⅰ、理Ⅱ、文Ⅰ、旧帝大や慶應の医学部、東京医科歯科大学など、百五十〜二百位くらいが私立の医学部や旧帝大の文系学部、二百位以下が早稲田や慶應の文系学部に行くというイメージだ。

「わたしは兄が大秀才だったもんで、弟もそうだろうということで、旧制の灘中（五年制）に入ったときは、成績が一番いいA組に入れられたんです。ところが毎年、一クラスずつ落ちまして、四年と五年のときは、どんじりのD組になってしまいました」

着席した生徒たちは私服姿である。灘中・灘高とも制服は廃止され、〝ショーケン（萩原健一）世代〟らしく、長髪、パンタロン、VANのベストやセーター、リーバイスやリーのジーンズが目立つ。これらは梅田の阪急ファイブ（現・HEP FIVE）などで買う。お洒落への関心は高く、ラングラーやエドウィンのジーンズはダサいと見なされている。

ただし中学校は「馬糞帽《ばふんぼう》」と呼ばれる、その名のとおり馬糞色の昔ながらのデザインの制帽が残っている。阪神間の受験生の憧れで、街や電車の中で「俺は灘やでぇ」とアピールするのに恰好のアイテムである。

「わたしは理数系が苦手でしてね、特に数学なんてまったく分からない。答案は白紙でしたよ。兄にその白紙の答案を見つけられて、『周作、お前、白紙はいかんぞ、白紙は。とにかくなんか書け』っていわれて」

遠藤の兄・正介《しょうすけ》は、四修（五年制の旧制中学を四年で修了）、一高、東大法学部卒で、戦前の高等文官試験に合格して逓信省《ていしん》に入り、現在は電電公社の総務理事という要職にある。

「次の試験のとき、答案になんか書こうと思うんだけど、まず問題の意味からして分からない。『……を証明せよ』『……を証明せよ』って、それだけは分かるんだけど、その前に書いてあることが全然理解できない」

話を聞く生徒たちの中に、耳が大きく、目がぎょろりとした中学三年の村上世彰《よしあき》がいた。釣りが趣味で、成績は真ん中よりやや下だが、明るくひょうきんな性格で、同級生たちからは名前の音読みの「せしょう」の愛称で呼ばれている。出身は大阪市の心斎橋界隈の商業地区で、市立道仁《どうにん》小学校の同級生のほとんどが商家の子どもだった。村上の家も、帰化した台湾人の父親が貿易業を営んでいる。

「しょうがないから、『そうである。まったくそうである。僕もそう思う』って書いた。

それから一週間くらいして、先生に、三角定規だったか、出席簿だったか、もう憶えてないけれど、ばかーんちゅって叩かれてね」

元々口下手で、二十代後半のフランス留学中に肺結核にかかり、片肺を切除した遠藤の話し方は、ぼそぼそしている。

「で、今わたしが教師だったらばだ、『そうである。まったくそうである。僕もそう思う』って書いた子には、（百点満点で）五点をあげますね」

会場から笑いが湧く。

「数学の観点からいったら、それは零点ですよ。しかし、視点を変えて、『そうである。まったくそうである。僕もそう思う』って書くことを思いついた才能っていうのがある。諸君は笑いますけどね、そういうものが熟してきて、小説を書くときの着想なんかに影響するんです」

講堂を埋め尽くした生徒や保護者たちは、冗談とも本気ともつかない話に耳を傾ける。

「それで昭和十五年に、灘高を百八十三人中百四十一番目の成績で卒業しました。そこから三年間の浪人生活です。父親が医者になれってんで、日本医科大の予科、慈恵医大の予科などを受けましたが、すべて不合格」

遠藤は、慶應義塾大学文学部の予科に補欠で合格し、アルバイトをしながら昭和二十年四月に仏文科に進み、フランスのカトリック文学に傾倒した。在学中の昭和二十二年に、『神々と神と』という評論が認められて、角川書店の文学誌「四季」第五号に掲載され、その後、「三田文学」の同人となって、柴田錬三郎、原民喜《たみき》、丸岡明、山本健吉、堀田善衞《よしえ》などの知遇を得た。

「そんなわけで、わたしは旧制灘中時代から劣等生人生を送ってきたわけです。ただ作家となった今はね、弱者の立場に立ってものを書けるという利点がありますね。小説というものは、常に弱者の視点が必要ですから」

話を聞く生徒たちの中に、のちに野村証券を経て村上ファンドに参画することになる丸木強もいた。丸いフレームの眼鏡をかけ、いつもにこにこして、温厚で面倒見のよい性格である。バレーボール部に所属し、勉強の成績もまずまず。村上同様、実家が商売をやっていて、大阪の江坂駅近くのマンションに住んでいる。

「皆さんはね、将来日本を背負って立つエリートで、いわば社会の強者になるわけですね。けれども、弱者の立場を慮《おもんぱか》る人間になって頂きたいと、これはお願いしたいですね。リーダーが弱者の視点を持っていないと、大変なことになりますからね」

遠藤周作の講演が終わると、質疑応答に入った。

何人かの生徒が手を挙げ、そのうちの一人にマイクが渡される。

「遠藤先生は、先ほど弱者の立場に立ってものを書いておられると話されましたが、先日、ある雑誌で拝見しましたところ、先生の年収は一億五千万円であるとか」

会場から失笑と、驚きのため息が漏れる。

「これだけの年収がある方が、社会の弱者といえるのでしょうか？」

質問した生徒はにやにやし、他の生徒たちは「おい、やばいぜ！」と顔を見合わせながら、興味津々で遠藤の言葉を待つ。

「ええ、あのう、自分の年収がいくらあるかは、よくおぼえてないんですけどね、ほとんど税金で持ってかれますから」

予期せぬ鋭い質問を浴びせられ、遠藤はやや不機嫌そう。

「ですから、税務署に対してはわたしは弱者でしてね。そういう意味で、相変わらず弱者の視点に立てると、こういうことでしょうか」

別の生徒が手を挙げた。

「先生は『白い人』で芥川賞を受賞され、本格的な作家活動に入られたと伺っております」

壇上の遠藤がうなずく。

「わたくしも、ものを書くことには興味を持っておりまして、ついては芥川賞の〝傾向と対策〟を教えて頂けないでしょうか？」

「なにぃ、芥川賞の〝傾向と対策〟だと？　……もういっぺんいってみろ！」

遠藤が気色ばんだ。

「文学を舐《な》めるな！　東大受験とは違うんだぞ！」

普段はとぼけた雰囲気の眼鏡の顔が、怒りで紅潮していた。

生徒たちは「やべえー」と苦笑いしてうつむく。

「なんという学校だ、ここは!?　もう質問は終わりだ！」

かんかんに怒って壇上から降りてしまった。


同じ頃――

千代田区紀尾井町《きおいちょう》の小高い敷地に建つ赤坂プリンスホテルのティールームで、若者向けの新進ファッション・ブランド、ＢＩＧＩ《ビギ》のデザイナー、菊池武夫が、歌手で俳優のショーケンこと萩原健一に会っていた。

ホテルは二階建ての白亜の洋館で、日本の皇族に準じた扱いを受けていた大韓帝国最後の皇太子の邸宅だったものだ。

「……タケ先生、今度やる日テレのドラマで、是非ＢＩＧＩの服を使わせてもらいたいんです」

間もなく二十四歳になる萩原は、菊池の顔を下から窺うようにして、長めの前髪をかき上げる。

元グループサウンズ「ザ・テンプターズ」のボーカルで、二年前に俳優に転身し、石原裕次郎が主演した日本テレビの『太陽にほえろ！』のマカロニ刑事役で人気を博し、この年には映画『青春の蹉跌《さてつ》』で、キネマ旬報の最優秀主演男優賞を獲得することになる。照れたような笑顔が人懐こさを感じさせるが、そうやすやすと相手を立ち入らせない壁のような雰囲気もまとっている。

「そりゃあ、いいけど。それってどんなドラマで、あなた以外は誰が出るの？」

ぎょろりとした目で口髭《くちひげ》をたくわえ、流行の先端をゆくデザイナーらしい派手で華やかな柄の服装をした三十四歳の菊池が訊いた。萩原とは、港区赤坂にあるディスコ「ビブロス」で知り合い、その後、飯倉《いいぐら》にあるイタリアン・レストラン「キャンティ」などでもよく飲んだり、食事をしたりする仲だ。互いに人がやっていない世界で、人とは違う生き方を追求していたので、ウマが合った。

「探偵ものです。主演は俺で、相棒は水谷豊って若い役者です」

水谷は『太陽にほえろ！』で萩原と共演し、マカロニ刑事に捕まる犯人役をやった。萩原らは、元々、火野正平を相棒役に起用しようと考えていた。しかし、前年のNHKの大河ドラマ『国盗《と》り物語』で準主役の羽柴秀吉を演じて大当たりした火野は、多忙でスケジュールが取れなかった。監督の恩地日出夫も、火野より水谷のほうが役柄に合っていると考えた。

「ドラマのイメージは、『真夜中のカーボーイ』のジョン・ヴォイトとダスティン・ホフマンのキャラクターみたいな感じです」

作品づくりも任されている萩原が、勢いこんでいった。

『真夜中のカーボーイ』は、五年前に公開された米国映画だ。社会の底辺でうごめく若者のやるせなさを描き、アカデミー作品賞を受賞した。

「で、予算は、どれくらいあるの？」

「いや、予算はあんまりないんです」

萩原が眉根を寄せ、泣き笑いのような顔でいった。

「金さえかけなければ、なにやってもいい、視聴率が取れなくてもいいっていわれてますから。でもそういうときって、かえっていいドラマができたりするんですよ」

萩原の隣には日本テレビのプロデューサーがすわっており、苦笑を浮かべて二人の会話を聞いている。

「俺は『太陽にほえろ！』の頃から文句ばかりいってて、『いつか違うドラマをやろう。こんなのとはまったく違う、世間をあっといわせるものを』って、日テレの人たちとよく話してたんです」

「いや、それは分かるけど……しかし、服を作るには金が要るぜ」

「特別に作ってもらわなくていいんです。すでにあるやつで」

「えっ!?　……はあー、そうなの」

「俺、タケ先生の服に、着やすいってイメージがあるんですよ。『なんか普段着でもいけるな』っていうか。今、服でもなんでも、サイケデリックとか流行ってるじゃないですか。でもタケ先生の服は、普通にちゃんと着れて、それでいて流行の最先端にいられるって感じで、すげえなって思うんですよ」

萩原は熱をこめて話し、菊池も悪い気はしなかった。

「タケ先生、夢の島で焼くくらいなら使わせて下さいよ」

この頃の若者向け新進ブランドは、ブランド価値を守るため安売りはせず、売れ残り品は江東区の夢の島で焼却処分していた。

「既製服でいく、か。そうねえ、それだったら手間はかからないか……」

菊池は顎に手をあて、どんな服がいいか、思いを巡らせ始めた。

4

翌年(昭和五十年)春——

〽パラパーッ、パラッパー、パラパラパラパパーッ……

井上堯之《たかゆき》バンドの軽快なサックスの音が、躍るようなピアノの伴奏とともにテレビ画面から流れていた。

代々木駅前にある雑居ビルの屋上のぼろなペントハウスで目覚めた木暮修《こぐれおさむ》を演じるショーケンこと萩原健一が、頭にヘッドフォーン、額にアイマスク代わりの水泳用のゴーグルを着けたままごそごそと起き上がり、冷蔵庫からトマトを摑み出し、塩を振りかけて思いきりかぶりつく。続いてクラッカーを口に放り込み、コンビーフを齧《かじ》り、ソーセージを貪《むさぼ》る。

岸田今日子が演じる探偵社の社長に「お腹空《なかす》いてんでしょ、修ちゃん？　あなたにぴったりの仕事があるの。命の保証はしないけど、報酬ははずむわよ」といわれ、嫌々ながらヤバい仕事に手を染める下請け調査員の挫折と怒りと優しさを描いた日本テレビのドラマ『傷だらけの天使』だ。

〽パーッパラパラッ、パーッパラパラパパーッ……

金も力もなく、都会の底辺であがく若者の朝食風景だが、服装だけは洒落ている。

白のTシャツの上に、襟の大きなオフホワイトの長袖シャツ、その上に艶やかな焦げ茶色の革ジャン、ジーンズ姿で、若さと不良っぽさの中にシャープで洗練された雰囲気が漂っている。

（確かにこのデザイン、魅《ひ》きつける……）

田谷毅一は、戦災を免れた木造家屋があちらこちらに残る神田多町《たちょう》の小料理屋のカウンターでビールを傾けながら、店内の一角に置かれたテレビ画面に見入る。

前年十月から放映された『傷だらけの天使』は、若者たちに強烈なインパクトを与え、ショーケンが着ている服やトレンチコートが飛ぶように売れていた。引き締まった身体に尖《とが》った雰囲気をみなぎらせた若きショーケンは、ボマージャケットに革のバギーパンツであれ、ゆったりと優雅なベージュのスーツであれ、なにを着ても様になった。

背後で、ガラガラと引き戸が開く音がした。

「いらっしゃいませ！」

女将の声に迎えられて入ってきたのは、東西実業の佐伯洋平だった。

田谷は情報収集のため、時々佐伯を呼んで飲んでいた。若いわりには経験豊富で、仕事熱心な佐伯と話すと、必ずなにかしら収穫があった。お互いにスポーツマンで、ウマも合い、学歴コンプレックスのある田谷にとって、慶應出の佐伯は一目置かずにはおれない存在だ。

「おっ、ちゃんと『衣裳《いしょう》デザイナー・菊池武夫、衣裳協力・ＢＩＧＩ』って入ってますねえ。抜け目ないなあ！」

佐伯は、田谷の肩ごしにテレビ画面を覗き込む。

菊池武夫が萩原健一の要望に応え、ＢＩＧＩ（株式会社ビギ）が番組に衣装を提供していた。五年前に会社が創業されたＢＩＧＩでは、菊池武夫と稲葉賀恵《よしえ》がデザイナー、カメラマンの大楠《おおくす》祐二がマネージメントを務めている。

予算が限られているので、制作スタッフがＢＩＧＩの倉庫に行って衣装を探したり、時間のあるときは菊池自身が衣装を選んだりしていた。全国ネットのテレビ番組の宣伝効果は抜群で、ＢＩＧＩでは作っても作っても、生産が売れ行きに追いつかず、助けたつもりが、大いに助けられる結果になった。

「オリエント・レディさんも、ラジオの二秒コマーシャルとか、心斎橋のネオンとか、バスの車体の看板みたいな地味なやつばかりじゃなく、こういう宣伝をやったらいいいんじゃないいんですか？」

佐伯は七歳年長の相手に遠慮のない口調でいい、田谷の隣の席に腰を下ろした。体重九〇キロの巨漢なので、肉体派の田谷以上の迫力だ。

「うちは、こういうのはいいんだ」

田谷が苦笑した。

「まあ、御社の池田社長は『生涯一丁稚』で、ものづくり一筋ですもんねえ」

佐伯はビールを田谷のグラスに注ぐ。

オリエント・レディは、レナウンやＢＩＧＩのような派手な宣伝はやらないが、細部まで行き届いた品質管理、生産と物流の効率化、百貨店への重点仕入れ・重点販売といった手堅い手法でぐんぐん業績を伸ばしていた。

「最近、社長はいかがですか？　最大の関心事は、やっぱり株式上場ですか？」

佐伯が、付き出しのつぶ貝の煮物に箸をつけて訊いた。

「ああ、お察しのとおり、今、社内は上場一色だ。年内には実現するスケジュールで進んでるよ」

田谷は、タバコに火を点け、灰色の煙をくゆらせる。

オリエント・レディは、株式上場に向け、ここ十年ほどの間、毎年一〜三回の増資を行い、四百万円だった資本金は、五億七千六百万円になった。二年前には、社員持ち株会も発足し、希望する社員には社内融資を行なって、積極的に株を買わせている。

それ以外の東証二部上場の条件についても、三年前に上場プロジェクト・チームを発足させ、払い込み済み資本の額（三億円以上）、株式数（六百万株以上）、不動株主数（千人以上おり、彼らが二百万株以上かつ全体の一五パーセント以上を保有）、純資産の額（八億円以上）、直近三年間の純利益（最新期二億五千万円以上、前期一億五千万円以上、前々期一億円以上）、利益配当（直近二年間有配かつ最新期一〇パーセント以上）といった基準をほぼクリアし、現在は、上場申請書の提出について、東証と事前折衝を行なっている。

「田谷さんも、だいぶ株を買ったんでしょ？」

「そりゃあ、取締役だからなあ」

田谷はタバコの煙を吐く。

「社長や証券会社にも買うようにいわれて、ずいぶん買ったよ」

田谷ら一番下の役員三人は、各人一パーセント（約十六万株）を持つよう命じられた。

「そうですか。まあ、上場すれば買った値段の倍くらいにはなるでしょうから、いいんじゃないんですか」

「ふん。借金を返したら、たいして残らんよ」

テレビ画面では、萩原健一がＢＩＧＩのスーツ姿で東京の街を疾走し、ポマードで頭をリーゼントにした子分役の水谷豊が「あにきぃ〜」と鼻声で呼びながら追いかけてゆく。当初、プロデューサーにあまり期待されず、「人気が出なかったら三、四回目で殺しちゃえばいい」といわれていた水谷は、この役が大当たりとなった。

一方の萩原は、襟の大きなベージュのダブルの上着に、ズボンは腰まわりがゆったりで裾幅が広いバギースーツ姿。若さとアウトローの香りにあふれ、見る者を強烈に魅きつける。

のちにＤＣ（デザイナーズ・アンド・キャラクターズ）ブランドと呼ばれる、若者向けの個性的なファッションが、BIGIの二人のデザイナー、「ニコル」の松田光弘、「コムデギャルソン」の川久保玲《れい》、「ワイズ」の山本耀司《ようじ》、三宅一生、高田賢三などの活躍で台頭してきていた。

商品の販売は、直営店やフランチャイズ店で自社ブランドのみを売り、この点ではワールドと同じだ。BIGIやニコルがブティックを開いた原宿では、マンションの一室をアトリエにして彼らに続こうとする「マンション・メーカー」が数多く生まれ、若者向けファッションの聖地になった。

「今、アラン・ドロンに対抗できる日本人は、ショーケンぐらいじゃないですか？」

「まあ、そうかもな。婦人服じゃないから、うちには関係ないが」

三十五歳前後の都会のビジネスマンをターゲットに、着やすく洗練されたスーツ「ダーバン」を売り出したレナウンは、世界的俳優、アラン・ドロンをCMに起用し、「ダーバン、セ・レレガンス・ドゥ・ロム・モデルン（ダーバン、現代を支える男のエレガンス）」と囁かせ、大当たりをとった。イメージダウンを懸念して日本のCM出演を断ったことがあるドロンに対しては、広告代理店の電通が、映画『レッド・サン』で共演中だった三船敏郎に依頼し、「俺もチャーリー（チャールズ・ブロンソン）も日本のCMに出ている。イメージダウンになる心配はない。俺が保証する」と口説かせた。

「そういえば、光文社が、今度こんなのを出すらしいですよ」

佐伯が、足元に置いた書類鞄の中から一冊の雑誌を取り出した。

「ほう、『JJ』っていうのか……」

二重瞼の眼差しが印象的なモデル、ケレン吉川が表紙に使われ、大きな赤い文字で「JJ　別冊女性自身」と雑誌名が入っていた。下のほうには、〈初夏のビューティ大特集〉〈特集ニュートラ〉〈吉備路《きびじ》・山陽路の魅力〉といった特集のタイトルが並んでいる。

「これは試作品で、正式な刊行は五月だそうです」

「ａｎａｎ（アンアン）、ｎｏｎ‐ｎｏ（ノンノ）とは、どう違うんだ？」

田谷が受け取って、ページをめくる。

五年前に平凡出版（現・マガジンハウス）がファッション誌「ａｎａｎ」を創刊し、創刊号は六十万部を売る爆発的ヒットとなった。翌年、集英社が「ｎｏｎ‐ｎｏ」を創刊し、発行部数では「ａｎａｎ」を抜いた。両誌とも、若い女性のファッションと生活に大きな影響を与え、それら雑誌を手に全国の観光地を闊歩する「アンノン族」が現れた。

「『JJ』はコンサバ系で、女子大生がターゲットだそうです」

「なるほど」

化粧テクニックの特集では、日本人離れした顔立ちの二十二歳の歌手、夏木マリがモデルを務めていた。

「ところで今年は、いよいよ三陽を抜けそうですか？」

四年前に東証二部に上場した三陽商会の年商は約二百八十億円で、オリエント・レディは三十億円差まで詰め寄っていた。

「抜けるかなあ……。あちらにはバーバリーがあるからなあ」

三陽商会は、英国バーバリー社と五年前（昭和四十五年）に、十年間のライセンス契約を結び、バーバリーのコートを日本で積極的に売り出した。売れ行きは猛烈で、コート市場における三陽商会のシェアはあっという間に全国の二割に達した。

「しかし、コート頼みの一本足打法っていうのも、冬だけ忙しい蟹工船《かにこうせん》みたいなもんですから、経営陣は夏場対策に頭を抱えてるみたいですね」

三陽商会は、総合アパレル・メーカーへ脱皮しようと、ミッシー（二十代後半から三十代前半のヤング・ミセス）やミセス向けカジュアル衣料「パルタン」を売り出したり、元プロ野球選手の長嶋茂雄をＣＭに起用した低価格帯のスーツ「ミスター・サンヨー」を展開したりしている。

「おい、腹がへってきたな。ラーメンでも食いに行かないか？」

しばらく話をしたあと、田谷がいった。

「ラーメン？　またですか!?　役員なんだから、もっといいもの食べたらどうなんです？」

「この近所に、美味い醬油ラーメンを食わせる『栄屋ミルクホール』っていう店があるんだ。ほら、行くぞ」

将来も見えなかった若い頃、しょっちゅう食べていたしょっぱいくらいに醬油が入っているラーメンとライスが、田谷にとって今もなによりのご馳走である。

秋——

「田谷部長、社長がお呼びです」

本社の営業本部で仕事をしていた田谷に秘書が告げた。

「ああ、そうか」

田谷はデスクから立ち上がり、肉付きのよいがっしりした身体に背広の上着を着て、上の階にある社長室に向かった。

「田谷です。失礼いたします」

社長室のドアを恭《うやうや》しくノックした。

「おう、入れ」

中から池田の声がして、田谷はドアを開けた。

「まあ、すわれ」

室内の後方にある大きなデスクから池田が立ち上がり、田谷にソファーを勧めた。

一方の壁には、神田東松下町時代からの「春風をもって人に接し　秋霜をもって自ら慎む　よく汝の店を守れ　店は汝を守らん　信用は信用を生む」という墨書《すみがき》の額が飾られていた。

「田谷、今度お前に常務になってもらおうと思う」

「はっ、そうですか。有難うございます！」

多少驚いたが、もとより悪い話ではなく、池田の命令は絶対だ。

「専務も来年で退任するし、お前には今まで以上に責任を持ってもらおうと思う」

「はっ、かしこまりました！」

明治生まれで、池田の長年の腹心である山梨県出身の専務は六十七歳で、退《しりぞ》いてもおかしくない高齢だ。

「ところで、ちいと意見を聞きたいんだが……」

タバコに火を点けて池田がいった。

「知ってのとおり、うちはこの年末に東証二部に上場する予定だ」

上場手続きは着々と進んでおり、正式な上場申請書も提出された。東証による池田と監査役の面接も先日行われ、来月から大蔵省（現・財務省）と関東財務局の上場審査が始まる。

「それでな、今、総会屋の連中がちょくちょく来始めてるちゅうことなんだが」

池田が悩ましげな顔つきでいった。

「総会屋ですか……」

企業の株を十株とか二十株買って、株主総会に出席し、経営に難癖をつけたり、総会を混乱させたりして、賛助金という名目で金をせびり取るのを生業《なりわい》としている輩《やから》だ。暴力団とつながりのある者も多く、企業のほうは金を払って厄介払いしたり、総会屋に株主総会を取り仕切らせたりしている。大物総会屋の小川薫あたりになると、アサヒビール、中国電力、日本航空、第一勧銀、富士銀行、三菱重工といった名門企業を〝与党〟として総ナメしている。

「うちのような客商売の会社で、株主総会が荒れたりしたもんなら信用を失っちゃうじゃんな」

池田はやや心細そうな表情。

「だから総会屋に金を払って、議事進行に協力してもらうちゅうのが得策だと思うけんど、お前はどう思う？」

与党総会屋は、株主総会で企業を擁護する演説を大声でぶったり、集団で会社の提案に賛成する発言をしたりして、会社の思惑どおりに総会を運ぶ。

「いや、そりゃあ、やっぱりよくないと思います」

田谷が厳しい表情でいった。

「ああいう連中は、一度気を許したら最後です。ダニのように喰《く》らいついて、永遠に離れないと思います」

「まあ、そうかもしれんが……。だけど、どうやって連中の妨害に対抗するだ？　簡単なことじゃねえぞ」

「わたしの同級生に弁護士や上場企業の幹部がいます。なにかいい策がないか、相談してみます」

田谷が卒業した山梨県の高校は文武両道の名門で、社会で活躍している同級生は多い。


数日後——

田谷は驚いた。

（え、俺一人が常務になるんか……!?）

社内で情報収集をすると、常務昇格の内示を受けたのは田谷一人だけだった。てっきり同じ時期に取締役になった池田の甥と女婿の文男も一緒に昇格するものと思っていた。

（どういうことずら……？）

池田は元々口数が少なく、人事についても多くを語らない。

真意は分からないが、もしかすると文男に発奮させようと目論んでのことかもしれない。

（けど、もしかしたら……）

田谷の両目に鋭い光が宿る。

池田の親族ではない「外様」のひけ目から封印していた野心に火が点った。


十二月——

兜町《かぶとちょう》は、地下鉄茅場町《かやばちょう》駅の北側から日本橋川にかけての一帯で、「しま」とも呼ばれ、約百三十の証券会社が密集している。石造りや鉄筋コンクリートの大手証券会社や木造二階建ての地場証券会社などに挟まれた路地には、飲食店、喫茶店、書店などが軒を連ねている。

オリエント・レディの社長、池田定六は、株式上場プロジェクト・チームの責任者を務めた総務部長とともに、上場の主幹事を務める大手証券会社の本社株式部の一角にあるソファーにすわっていた。

広いフロアーの一方の壁に何百という企業の株価を示す電光掲示板があり、値段が上昇している株には赤、下落している株には緑のランプが点いていた。

ずらりと机を並べた男たちは頭にヘッドフォーン型のレシーバーを着け、顧客と電話で話したり、場電《ばでん》と呼ばれる直通電話で立会場の担当者と連絡をとったりし、フロアーじゅうに独特のやり取りが飛び交っていた。

「数はどうなってる?」

「四円であと三十万買う」

「もう少し揉《も》め」

電光表示の株価ボードには、真新しい文字でオリエント・レディの名前もあり、公開価格より三百円ほど高い気配値がオレンジ色の光で示されていた。

「なんとも、異様な世界だねえ……」

玉露の茶をすすって、池田が漏らした。

眼前の光景は、金と欲望の坩堝《るつぼ》のようで、強い違和感があった。道すがらの書店でも、証券マンや投資家たちが血眼で情報誌や株価チャートを貪り読んでおり、さながら金の亡者の群れだった。

「確かに、我々の生きる世界とはずいぶん違いますね」

隣にすわった総務部長の顔には、疲労と安堵《あんど》感が交錯していた。

総務部長は、この日まで、主幹事証券会社、関東財務局、東証、安定株主工作で株の買い付けを依頼した生保や銀行などへ靴底がすり減るほど足を運び、数年間にわたる折衝に神経を尖らせてきた。

師走も押し迫ったこの日、オリエント・レディは東証二部に上場し、慣例にしたがって、社長の池田は主幹事証券会社を訪れた。

つい先ほどまで別室で、証券関係の業界紙や雑誌のインタビューを受けた。市場関係者たちがよく読んでいる新聞や雑誌で、自社の製品や戦略について語るという内容だ。株価に直結するため、主幹事証券会社の引受部の担当者が立ち会い、事前にアドバイスをしたり、必要に応じて池田の言葉を補ったりした。

「……池田社長、順調に進んでおります。この分でいくと、ストップ高で初値がつきそうです」

株式部長がやってきて、池田と総務部長に「手口《てぐち》」のメモを見せた。どの証券会社が何株の売りと買いの注文を入れてきているかの表で、池田も総務部長も初めて目にするものだ。

「今、こんな感じで、買い注文が売り注文の十倍くらいありますが、御社に用意して頂いた値付け玉《ぎょく》がありますので、それらを最終段階まで温存して、ストップ高にもっていきたいと考えております」

ガラガラ声の株式部長は、愛想よく相場の状況を説明する。

株式の売買は売りの数と買いの数が一致して初めて成立する。一致しない場合は、片方が按分《あんぶん》（比例配分）となる。主幹事証券会社は、市場に出す買いの数を抑え、売り一に対して買いの比率を二以下にして、初値を成立させようとしていた。

池田らと話している最中にも、そばの男たちが、全国の支店から新たにオリエント・

レディの買い注文が入ってきていることを告げ、実務を取り仕切る株式課長が「よっぽど重要な客のやつ以外は明日だ」「明日は、株価に勢いがつくよう、買いが多いほうがいい」などと答えている。

「初日に初値がつかないこともありますが、できたらこのおめでたい日に、いい価格で取引を成立させたいところです」

株式部長の言葉に、池田と総務部長がうなずく。

同じ頃、近くの東京証券取引所の立会場で、主幹事証券の男たちが、手口の表と相場の動きを睨みながら、オリエント・レディの株価を作ろうとしていた。

東証は日本橋川寄りに建つ、七階建ての欧風建築だ。円筒形をした本館の背後に延びる長方体の棟の中に立会場があり、巨大な体育館のような空間に「場立ち」と呼ばれる男たちがひしめき、壁際に並ぶ証券各社のブースに独特の手サインで売買の気配を伝えている。

パッ、パッ、パッと、電光が閃《ひらめ》くように繰り出される手サインは、片手の指の形で数字を表し、左右に振ったり握ったりして千や万の単位を表す。手のひらを自分に向けていれば「買い」、ブースのほうに向けていれば「売り」だ。

「八円カイ、八円カイ」

「二カイが二十万、三が十五万！」

威勢のよい言葉が場内で飛び交い、取引が成立すると、拍手とともに撃柝《げきたく》（拍子木）が打ち鳴らされる。

オリエント・レディの株は、主幹事証券会社の思惑どおり、時間を追うごとにじわじわと気配値が上昇し、売り注文の数も増えていった。

主幹事証券会社は、なるべく多くの売買を成立させ、手数料を稼ぐとともに、オリエント・レディにも満足のいく初値をつけようとしていた。

「差し引き八十六万四千（株）！」

後場が終了する午後三時少し前、主幹事証券の本社株式部でオリエント・レディの株を担当する社員が、売りと買いの株数の差を叫んだ。

「オリエント・レディ、ストップ高！」

ひときわ高い叫びが株式部のフロアーに響き渡り、拍手が湧いた。

無事、初値がついた。千九百六十円だ。

「おめでとうございます！　ストップ高で初値です。公開価格を三百八十円上回りました」

株式部長や次長、課長たちが次々とやってきて、池田と総務部長に祝いの言葉を述べる。

「有難うございます」

証券市場の独特なやり方は池田たちには馴染みのないものだったが、関係者の思惑どおりに上場が成功したことだけは理解できた。最大の株主で、約九十六万株を保有する池田個人の持ち株は十九億円近い価値を持つに至った。

「おめでとうございます！」

フロアー全体から地鳴りのように拍手が湧き起こり、池田を祝福した。

その晩——

池田は赤坂の料亭で、主幹事証券の接待を受けた。

名の通った老舗料亭の部屋は広々とした贅沢な造りだった。

廊下に面した障子の下半分はガラスがはめ込まれ、その向こうに石灯籠や竹林が配置された風雅な庭が見える。

「……このたびは、誠におめでとうございます」

座卓の下座にすわった法人本部長を務める常務が頭を下げ、左右に控えた引受部長と課長もそれに倣《なら》う。証券会社で上場を取り仕切るのは引受部だ。

「有難うございます。おかげさまでいい形で上場をさせて頂きました」

床の間を背に、ひじ掛けのある座椅子にすわった池田も頭を下げる。左右に、明治生まれの専務と総務部長が控えていた。

「失礼いたします」

女性の声がして、襖が開けられ、二人の仲居が酒と料理を運んできた。

「相場の地合いもここのところようございましたので、お会社の上場は非常にいいタイミングでしたなあ」

脂ぎって精力的な雰囲気を発散する五十代半ばの常務が太い声でいい、冷酒を傾ける。

四年前に米国のニクソン大統領が金とドルの交換停止を宣言した「ドルショック」で一ドル＝三百六十円の固定相場が崩れ、さらに二年前には第四次中東戦争が勃発して「オイルショック」が起き、トイレットペーパーなどの買いだめ騒動や狂乱物価と呼ばれる高インフレをもたらした。この間、世界を覆う不況色で、日経平均株価は三千円台と四千円台を行ったりきたりの展開だった。

「ここ三ヶ月ほどは日経平均も四千三、四百円ほどで落ち着いておりましたんで、わたしどももある程度自信を持ってはおりましたが……ただ、それでもお会社のように好業績でないと、なかなか思ったとおりには参りません」

常務は「御社」を「お会社」という証券業界独特の表現でいう。

「いやいや、それほどでもありません」

リムの上部が黒い年寄りじみた眼鏡の池田が謙遜する。

ニクソンショックやオイルショックで、尾州、桐生、栃尾といった織物の産地は壊滅的な打撃を受けた。しかし、「川中」のアパレル・メーカーは、既製服化とファッション・ブームの追い風を受け、業績を伸ばし続けていた。オリエント・レディも、ここ四年間で年商が三倍になる快進撃だった。

「池田社長も、上場を成し遂げられて、一段落というところでございますなあ」

株式担当常務が相好を崩していった。

「まあ、そういったところでしょうか」

淡々と応じる池田の表情に、一抹の戸惑いと寂しさが漂っていた。

上場のために、かつて会社の株の大半を握っていた池田の持ち分はわずか六パーセントにまで低下した。ここ数年間は、手塩にかけて育てた我が子を手放すことに懊悩《おうのう》する日々だった。

5

翌年（昭和五十一年）――

日本ではロッキード疑獄の嵐が吹き荒れた。

きっかけは二月に米上院の多国籍企業小委員会で、航空機メーカー、ロッキード（現・ロッキード・マーティン）社のコーチャン副会長らが複数の国で工作資金をばら撒《ま》いたと証言したことだった。事件は直ちに日本に波及し、小佐野賢治国際興業社主、若狭得治全日空社長、檜山廣《ひやまひろ》丸紅会長らが国会に証人喚問された。ロッキード社の窓口となったフィクサー、児玉誉士夫《よしお》は入院先で東京地検特捜部の取り調べを受け、前首相、田中角栄が近々逮捕されると噂されていた。

二月末に上場後初の決算を迎えたオリエント・レディは、新緑香る五月に第一回の株主総会を開いた。

東神田の本社の大会議室で出席者の受付が始まると、角刈り、紋付羽織に袴、ダブルの派手な背広姿といった、見るからに柄の悪い男たちがぞろぞろと姿を現した。

総会屋たちは、入場票を提示して会場に入ると、議長席に向き合った最前列の席へと向かった。議長席前にずらりと陣取って議事を牛耳るのが彼らの常套《じょうとう》手段だ。

しかし、前方の席は、すべてオリエント・レディの社員株主たちによって、黒っぽい背広姿一色で固められていた。

「お前ら、どけ！　ここはわしらの席じゃ！」

総会屋たちが社員の男たちに向かってすごんだ。

「お断りします。わたしも株主ですので」

背の高い第一営業部の塩崎健夫が着席したまま平然と答える。

「お前らは社員だろうが！」

「社員ですが、株主ですので」

少し離れた場所から田谷毅一がやり取りを見守っていた。

社員株主たちは、鉄の結束の「田谷軍団」の営業マンたちだ。この日まで、何度もリハーサルを重ね、総会屋に対抗する使命を帯びていた。

受付が終わり、弁護士と総務部員が出席株主数とその株数の確認を終えると、池田定六が正面の演壇の前に立った。

「社長の池田でございます。株主の皆様方には、ご多忙の中、本総会にご出席を賜り、誠に有難うございます。本日は、わたしが議長を務めさせて頂きます」

リムの上部が黒い眼鏡をかけた池田は、マイクを前に、小柄な身体をやや前屈《まえかが》みにして話す。

「了解！」

「了解！」

社員株主たちが一斉に声を上げ、盛大な拍手をした。

「なんなんだ、こいつらは？　まるで総会屋じゃないか……」

社員たちとのいい合いに負け、会場後方の席にすわらざるを得なくなった総会屋の一人が顔をしかめた。

「現在、当社の発行済み株式総数は千六百万株、株主総数は四千二百十九人のところ、本日ご出席の株主数は二百八名、この株式数は五百四十八万二千七百六十六株、なお委任状共のご出席株主数は……」

池田が委任状を含めた出席者の株式総数について述べ、株主総会が適法に開催され、議案を決議できると述べた。

「では、ご審議を願うに先立ちまして、当社第二十八期の営業の概況をご報告……」

「議長！　おい議長！」

大声が会場後方から飛んだ。

「お前、株主を高い席から見下ろすとは、どういうことだ!?　株主を馬鹿にしてるのか!?」

総会屋の一人が立ち上がり、池田を指さして叫んだ。

演壇の下に高さ一〇センチほどの台が置かれ、池田はその上に立って話していた。

「そうだ！　お前は株主を軽視している！　そういう態度は許さんぞ！」

数人の総会屋たちも同調する。

「議事進行！」

「議事進行！」

「つまらんいちゃもんは止めろーっ！」

百人以上の社員株主たちが何倍もの声で浴びせかけ、その数の多さに総会屋たちは驚いた顔つき。

「池田、てめえーっ、その態度を改めろ！」

総会屋の一人が立ち上がり、議長席の池田に詰め寄る。

ダブルのダークスーツ姿の田谷毅一が、演壇の左右に設けられた役員席からさっと立ち上がり、背後の池田を守るように、男の前に立ちはだかった。

「席へお戻り下さい」

見るからに屈強そうな田谷が、総会屋を見下ろすようにいった。

「なんだと……!?」

「株主総会は話し合いの場です。席へお戻り下さい。戻って頂けない場合は、退場して頂きます」

若い頃から喧嘩慣れしている田谷の迫力に押され、総会屋は鼻白んだ顔つきになった。

「クソッ、なんなんだ、この会社は……!?」

小声で悪態をつき、渋々席に戻る。

「それでは、改めまして、営業報告に移らせて頂きます」

池田が手元の資料に再び視線を落とす。

「前期の我が国経済は、オイルショック後の物価高騰も沈静化の兆しを見せ、四回にわたる公定歩合の引き下げなど、金融、財政両面より積極的な景気浮揚策が講じられ……」

オリエント・レディは、消費者ニーズに合致した商品企画、販売の効率化、全国的な営業網の構築などにより業績を伸ばし、売上げは約三百十三億円、当期利益は十三億円強で、それぞれ前期比約二六パーセント増、同約四五パーセント増という好成績を収めたと報告した。

「これもひとえに、株主各位ならびに取引先各位のご支援の賜物と、衷心より感謝申し上げる次第であります」

会場から割れるような拍手が湧いた。

「では、第一号議案の営業報告書、その他の決算書類につきまして採決いたします。本議案にご異議はございませんでしょうか？」

「異議なし！」

社員株主たちが拍手とともに声を上げる。

「動議！　動議！」

総会屋の何人かが叫んだ。

「各議案について、書面による採決を求める！」

「少々お待ち下さい」

池田が後ろを振り向き、弁護士や田谷毅一と話し合う。

「委任状を含め、株主の意見多数ということで、第一号議案は承認可決されました」

池田がいうと、社員株主たちから盛大な拍手が湧く。

「こんな議事進行があるか！」

「やり直せ！」

総会屋たちが叫んだが、彼らを取り囲んだ社員株主たちが「議事進行！」「採決方法は議長が決めるもんだろ！」「株数が少なきゃ動議はとおんないよ！」と、嵐のような野次を浴びせた。

「続きまして、第二号議案の取締役三名の件に移りたいと存じます」

ぶつぶついい続ける総会屋たちを振り切るように、池田がいった。

「三名の新取締役候補者につきましては、お手元の資料に記載のとおりでありますが、選任方法はいかがいたしましょうか？」

「議長！　議長！」

最前列に陣取った塩崎健夫が右手を勢いよく挙げた。入社九年目になり、田谷軍団で最も忠誠心の高い若手と自他ともに認めていた。

「議長！　わたくし、はなはだ僭越ではありますが、議長の許可を得て、動議を提出いたします。第二号議案の新任取締役三名の選任については、選挙と同一の効力のもとに、議長に一任したいと存じます」

塩崎は高らかに宣言するようにいった。

「異議なし！」

「異議なし！」

総会屋たちは戦意を喪失し、声もあまり上がらない。

オリエント・レディからは賛助金がとれそうもないと諦め、早々と退場した者もいた。


冬――

池田定六は、社長室で田谷毅一と話し合っていた。

「……なに、花咲が危ないだと!?」

応接用のソファーで田谷から報告を受けた池田が険しい顔つきになった。

花咲というのは、池田が昔奉公した甲府のヒツジ屋洋装店を前身とするアパレル・メーカー、花咲株式会社のことだ。約五百三十人の従業員で婦人服と子ども服の製造を手がけ、この年二月期の年商は百九十億円で、オリエント・レディの六割である。昭和三十三年に山梨から東京に本社を移し、同社の社長、天野久彌は池田が奉公した頃、ヒツジ屋洋装店の主人だった。オリエント・レディの営業部門では「花咲さんにはこちらから挨拶してもよいが、他のアパレル・メーカーは、向こうから挨拶してくるまで頭を下げるな」と教えられていた。

「商社筋の情報です。過剰在庫で、資金繰りがかなりえらくなって、帝人、トーメン、市田（呉服問屋）あたりに支援を打診しているようです」

先日、会社のナンバー・ツーである専務に昇進し、一段と貫禄がついた田谷がいった。

「拡大路線が仇になったか……」

花咲はオイルショック（昭和四十八年）後の不況にもかかわらず、年商を五百五十億円にする五ヶ年計画を打ち出し、去る四月には、他社が人員縮小を検討するような状況下で百四十人という大量採用を行なった。

「ヴァン（VAN）と同じこんでますね」

アイビー・ルックで一世を風靡《ふうび》し、昨年二月期に四百五十二億円の年商を上げた株式会社ヴァンヂャケットは、過剰な拡大路線による不良在庫増に苦しんでいた。商社や鐘紡に支援を仰ぎ、近々、リストラも始まるという噂である。

「楽観的な拡大策と甘い在庫管理のツケっちこんだな」

石橋を叩いて渡る池田にとって、考えられない事業のやり方だ。

「花咲とヴァンは、新商品の開発も今ひとつですしね」

「うむ。ヴァンはアイビー一点張りだし、花咲もこの頃はうまい商品が出なくなったしな」

元々花咲は業界随一といわれる商品企画力を持っていたが、最近は老舗という地位に安住し、肝心のボリュームゾーン（量販品価格帯）でもいい新商品が出ていない。

「世の中は日々変わり、消費者の好みも変わっていく。我々はそれに合わせて新商品を作り続けていかなくちゃーならんな」

日本では、ファッションの個性化・多様化が進み、アパレル・メーカー各社は消費者の心を摑もうと、しのぎを削っている。若者たちの間では、Tシャツ、自動車修理工が着るようなジャンプ・スーツ（つなぎ）、ヨットパーカーなどが流行し、フェミニン志向の女性たちは、チュニック（丈の長い上着）、チューブライン（身体に隙間なくフィットする服装）、レイヤード・ルック（重ね着）、ブーツなどを好んで身に着けるようになった。また、ルイ・ヴィトン、サンローラン、ディオールなどの小物、バッグ、スカーフなどが急速に普及していた。

オリエント・レディは、この年、フランスの男性デザイナー、ギー・ポーランとの提携によるファッショナブルでスポーティな製品や、女性らしい落ち着きと洗練を強調したフォーマルな製品など、四つのブランドを世に送り出した。

第五章　社長交代

1

昭和五十二年二月――

雪に埋もれた北海道札幌市の大通《おおどおり》公園に近い西十五丁目にある「揚子江《ようすこう》」という中華料理店のテーブルで、二人の男女が、目の前に並べた半券をじっと見つめていた。

「……ねえ、藤岡君、ここからなにが読み取れると思う？」

黄色い縮れ麺の味噌ラーメンをほお張って、烏丸薫《からすまかおる》が訊いた。赤の細いフレームの眼鏡をかけた小柄な女性で、海猫百貨店で婦人服売り場を担当している。年齢は二十六歳。

「うーん、そうですねえ……」

細いフォークで毛蟹の脚から白い身をかき出しながら、ふっくらした童顔の藤岡真人《まさと》が半券を凝視する。昨年海猫百貨店に就職した二十三歳の新人で、最近、婦人服売り場に配属された。

二人が見つめていたのは、商品が売れたとき、値札からミシン目に沿って外す半券で、色、サイズ、型などが表示されている。

「昨日はこんな感じだったのよね」

烏丸は、上着のポケットから別の一摑みの半券を取り出した。昨日の売上げの分だった。

道内の短大を出て海猫百貨店に就職して以来、婦人服売り場で働いている烏丸は、よく仕事のあと半券を睨みながら、商品の補充や次のシーズンの売れ筋を予想していた。

「色は、意外と白が多いのよねえ。あと赤も結構あるなあ……」

そういいながら、テーブルの上に半券を並べてゆく。

売れるものはなんらかの理由があって売れている。それは色なのか、スタイルなのか、素材なのか、着心地なのか、宣伝なのか、それとも別の要因か？　烏丸は、理由を徹底的に追究し、仮説を立てて検証し、仕入れや売り場の展開に反映させていた。

「やっぱり、はっきりした色の物ですかね？」

藤岡が半券を覗き込むようにしていった。

「でも、今日売れたからって、明日も売れるわけじゃないべさ」

「揚子江」の店内では、仕事帰りのサラリーマンたちが食事をしながら飲んでいた。近くに札幌地裁、高裁、家裁、簡裁があるので、弁護士など法律関係者の利用も多い。一応、中華料理店だが、寿司、海鮮、ラーメン、洋食などなんでも食べられ、夜は居酒屋として利用されている。

「今年は、どんな波がくるんかしらねえ……」

烏丸は隣の椅子の上に置いたトートバッグの中から、一冊の大学ノートを取り出して開く。「婦人画報」「ミセス」「ａｎａｎ」「ｎｏｎ‐ｎｏ」などからの切り抜きを貼ったノートで、やはり売れ筋の予想に役立てていた。

「烏丸さん、この『ハマトラ』って、どう思います？」

藤岡が、あるファッション誌の記事を烏丸に見せた。

ポロシャツの襟を覗かせたトレーナー、ピンで留めたチェックの巻きスカート、長めのソックス姿の女子大生の写真が掲載されていた。女子大生をメインターゲットにする「ＪＪ」が紹介して広めたファッションで、「ハマトラ」は「横浜トラディショナル」の略。

「うーん、これねえ、きっとくると思うわ」

烏丸の眼鏡の両目に光が宿る。

「日本人もお金持ちになってきてるから、そろそろヒッピー・ファッションとか、アメカジとか、バギーパンツとか、ゆるいのに飽きて、かちっとしたトラッドに回帰する気がするのよね。特に、ニューヨークっぽいやつに」

「やっぱり？　札幌でもこの頃、ちらほら見かけますよね」

札幌は、流行を先取りする土地柄だ。

「烏丸さん、お電話が入ってます」

中年のウェイトレスに呼ばれて烏丸は立ち上がり、店内に備え付けられたピンク電話へと向かう。

藤岡は、華奢《きやしや》な身体に黒っぽいジャケットを着た後ろ姿を視界の端で見送り、生ビールのジョッキを口に運びながら、ファッション誌のページを繰る。

ぱっと目をひく、派手な感じのフレアスカート姿の若いモデルの写真が掲載されていた。

（「ジョリュー」か。……これは、派手だなあ）

大阪の新興アパレル・メーカー、ＫＡＮＳＡＩクリエーションが発表した新ブランドだった。明るい色を大胆に使い、身体の線を強調した個性的なデザインで、ＤＣブランド的である。ブランド名は、日本語の「女流」をブランドふうにしたものだ。

ＫＡＮＳＡＩクリエーションは、戦後間もなく大阪の船場《せんば》で創業した生地問屋で、昭和三十年代に婦人服製造業に進出した。現在の経営者は創業者の長男で、大学卒業後に船場の繊維問屋で五年間の丁稚奉公をしたあと入社した北浦修造だ。勝子と礼子という二人の娘がおり、勝子は東京の服飾デザイン専門学校で勉強中で、礼子は関西にある私立大学の商学部に通っている。

「お待たせ」

藤岡がファッション誌を見ていると、電話を終えた烏丸が戻ってきた。

「オリエント・レディですか？」

「そうなのよ。田谷専務が東京から電話してくるかもしれないから、売れ筋の情報をくれって」

「相変わらず、こんな時間にねえ」

藤岡が腕時計に視線を落とすと、午後九時になるところだった。

「ちゃんと答えられないと、滅茶苦茶《めちゃくちゃ》罵倒されるらしいわ」

田谷軍団の鉄の規律は業界に鳴り響いている。

「あの会社の人たち、商品の型番や色だけじゃなく、どんな人たちが何時頃、何枚くらい買っていったかとか、他社の製品ではなにが売れているかとか、ほかのデパートではなにが売れているかとか、もの凄く細かく訊いてくるのよね」

オリエント・レディの営業マンたちは、どのアパレル・メーカーの営業マンたちより、売れ行き状況を詳細に把握するよう教育されている。最短のレスポンス・タイムで売れ筋を納品し、売り逃しを防ぐためであり、売れない商品を余分に作らないためでもある。

売れ筋を欠品なく補充していけば百貨店からの信頼も高まり、売り場の拡大にもつながる。

数日後――

雪が降りしきる夜、烏丸薫は自ら軽トラックを運転し、藤岡真人とともに、「揚子江」から歩いて二分ほどの場所にあるオリエント・レディ札幌支店に乗り付けた。

烏丸の実家は北空知《きたそらち》（石狩川中流域で旭川と留萌《るもい》のほぼ中間）の北竜町《ほくりゅうちょう》の稲作農家で、帰省したときは、軽トラックを運転して家業を手伝っている。

いつものようにオリエント・レディの札幌支店は煌々《こうこう》と輝く不夜城と化していた。四階建ての自社ビルで、屋上とオフホワイトの外壁に社名の大きな看板が掲げられている。

海猫百貨店の二人が、階段で二階の営業部のフロアーに上がると、蛍光灯の光とタバコの煙の中で、十数人の営業マンたちが仕事の真っ最中だった。取引先に電話して納品を依頼したり、明日以降の補充の手配をしたり、「必ず回して下さいよ。これ、百貨店側からきつく頼まれてるんですから」と本社のコントローラー（商品配分担当者）に電話で懇願したり、電卓を叩いたりしている。

「あっ、烏丸さん、どうも」

小柄な身体をフード付き防寒ジャケットで包み、スノーブーツをはいた烏丸が姿を現すと、海猫百貨店を担当している八木沢徹という名の営業マンが驚いた顔つきで立ち上がった。旭川《あさひかわ》の出身で、高校時代は野球部でキャッチャーをやっていた入社一年目の男だ。

「すいませんけど、例の14番（型番）のコート、あと十五枚くらいほしいんだけど」

烏丸は、八木沢にいった。

「烏丸さん、あれはもう、ちょっと在庫がなくて……」

中背で引き締まった身体つきの八木沢が困った顔をした。

「そうなの？　じゃあ、倉庫見せてよ」

勝手知ったるオフィスで、烏丸は三階にある商品倉庫へとずんずん階段を上って行く。

「烏丸さん、ちょ、ちょっと待って下さい！　そんな勝手に行かれても……」

烏丸は構うことなく倉庫の中に入って行く。

無数の商品が移動式ハンガーにずらりと吊るされていて、食肉卸業者の倉庫か林の中に迷い込んだようだ。

「あっ、あるじゃない！　なにこれ、丸井今井、三越、東急百貨店って!?　あのコートはうちが一番売ってるのに！」

烏丸は、ビニールカバーに付けられた納品先名の札を勝手に剝がし、五着ほどのコートを抱え込む。売れ筋商品を絶対逃すまいという気迫に満ちていた。

「ちょっと烏丸さん、勘弁して下さいよ！　これもう納品先が決まってるんで……」

八木沢が泣きそうな顔になる。

売れ筋商品は、百貨店同士、百貨店と営業マン、あるいは営業マン同士で取り合いになる。

「藤岡君、あんたも持てるだけ持ちなさい」

赤縁眼鏡の鋭い視線を藤岡に向けていった。

「はっ、はい！」

藤岡も七着ほどのコートを肩に担ぐ。

「これもらってくから。納品伝票、ちゃんと切っといてね」

「いや、それはちょっと……」

八木沢は、今にも膝から崩れ落ちそうな表情。

「それとあそこにある去年の売れ残りのワンピース、ひと固まり全部、バーゲン用にもらうから、明日届けて」

少し離れた場所のハンガーに下がった十数着のワンピースを顎で示す。

「掛け率はいつもどおりでね」

通常、商品の仕入れ値は、上代《じょうだい》（デパートでの販売価格）の六五パーセント前後の掛け率だが、バーゲン品は上代が半額程度になるので、掛け率は少し上がる。

「したら、よろしく！」

二人は、大量のコートを肩に担ぎ、雪が降りしきる戸外に去って行った。

その姿は、狸小路で売っている鮭《さけ》を担いだ木彫りの熊そっくりだった。


夏──

〽 He calls me cookie face.
He loves my cookie face.
Spending the summer days with his cookie face.
Well, I'm his cookie cookie coo-coo-cookie face.

英国の女性ディスコ歌手、ティナ・チャールズのパンチの効いた歌声とともに、夏目雅子の切れ長の目と小麦色の肌が日本を席巻していた。

カネボウ化粧品のファンデーション「サンケーキ」のCMは、十九歳の夏目の弾けるような若さを全面に押し出し、人々に強烈なインパクトを与えた。

日本経済は「全治三年」といわれたオイルショック（昭和四十八年）からほぼ回復し、繊維・生地メーカーの苦境をよそに、一番手のレナウン、二番手の樫山（現・オンワード樫山)、三番手のイトキンをはじめとするアパレル各社は急成長を続けていた。

オリエント・レディの専務兼営業統括本部長の田谷毅一は、北海道の札幌ゴルフ倶楽《クラ》部《ブ》輪厚《わっつ》コースにきていた。札幌から国道36号を南に四十分ほど走った北広島市輪厚にある名門ゴルフコースだ。

田谷はここ数年、夏休みになると営業部門の幹部らを引き連れて札幌に避暑にやってきて、取引先である地元の百貨店の幹部とゴルフをし、夜は、主任クラスの販売員の女性たちと懇親の夕食会をするのが慣《なら》わしになっている。

「……さすがに北海道の空気は、いい香りがしますなあ」

多少贅肉がついていたが、筋肉質の身体を縦縞のゴルフシャツに包み、つばの付いたサファリハットふうの帽子をかぶった田谷が、ゴルフクラブを手にいった。

目の前に、きれいに刈り込まれた芝のコースと緑の木々が広がり、朝方雨が降ったので、白樺《しらかば》が強く香り、鼻腔《びくう》や肺を心地よく刺激していた。

札幌ゴルフ倶楽部輪厚コースは、日光カンツリー倶楽部や那須ゴルフ倶楽部を設計したゴルフ場設計の巨匠、井上誠一が手がけた北海道屈指の名門コースだ。昭和四十八年に始まった全日空札幌オープン(現・ANAオープン)ゴルフトーナメントの会場にもなっており、前年の大会では村上隆がトータルスコア二百八十五で優勝し、ジャンボ尾崎こと尾崎将司が二位だった。

「それじゃあ、お先に行かせてもらいます」

同じ組の丸井今井の役員や札幌三越の幹部らにいって、田谷がティーグラウンドに立つ。

クラブハウスの目の前にある一番ホールは、パー4で四一一ヤード。左二五〇ヤードのところにバンカーがあり、そこからゆるい左ドッグレッグで、一打目は打ち下ろし、二打目は打ち上げる。

コース左手には黒々としたカラマツが屛風のように連なり、右手には、カシワ、カラマツ、トドマツ、白樺などが植えられている。

田谷が、太い腕でびゅっとクラブを一閃した。

カシーンという快音とともに、白球が青空に舞い上がり、フォローの風に乗って、バンカーの少し先のフェアウェイに落ちた。

「うおー、ナイスショット!」

プロ級の飛距離と正確なショットに、見ていた丸井今井の役員らが思わず声を上げる。

「さすがハンデ8ですなあ」

「いやいや、それほどでもありません」

田谷は、いかつい顔をほころばせて謙遜した。

元々力もあり、運動神経がいい上に、レッスンプロについて熱心に練習していた。洋裁での成功体験から、何事も自己流でやらず、専門家に徹底して習うのが流儀だ。

やがて残りの三人が第一打を終え、一同はキャディーを引き連れて第二打の場所へと移動する。

コースは、広大な石狩平野の中にあるので、周囲に山影は見えない。

木々の梢では、エゾゼミが控えめに鳴いている。

「田谷氏は相変わらずプロ級ですな」

丸井今井の役員と談笑しながら歩いて行く田谷のがっしりした後ろ姿を見ながら、残り二人の同伴者が言葉を交わす。

「しかし、あれだけの力量があるのに、ズルをしてまで勝とうとする気持ちが分かりませんな」

田谷は勝とうとするあまり、人が見ていないところで落下地点をごまかしたり、ロストボールに代えて密《ひそ》かに持参した同じマークのボールをプレースしたりしていた。

「まあ、勝ちにこだわって、がむしゃらに今の地位を手にした人らしいですからね」

「ゴルフはその人の性格がよく出るといわれますが、そういう育ちなんでしょうな」

2

翌昭和五十三年春——

都内のホテルの会議室で、池田定六と西武百貨店社長が覚書に調印するのを二十人ほどの人々が見守っていた。

二年前に西武百貨店がラルフローレン・ウーマンズウェア社（本社・米国ニューヨーク市）と結んだライセンス契約にもとづき、オリエント・レディがラルフローレンの婦人服を日本国内で製造・販売するサブライセンシーとなる契約だった。

ラルフローレンは典型的なアメリカン・トラッドで、紳士服は「ポロ」、婦人服は「ラルフローレン」のブランドで商品展開している。トラッド・ファッションに対する根強い人気を背景に、日本でも指折りの外国ブランドである。

「有難うございます」

「宜しくお願いします」

調印を終えると、池田と西武百貨店の社長は立ち上がり、握手をして、覚書を交換した。

専務の田谷毅一やラルフローレン・ウーマンズウェア社の米国人幹部ら、詰めかけた関係者から拍手が湧いた。

眼鏡をかけた池田の顔が、心もち上気していた。

日本ではヨーロッパ・ファッションに代わって、ニューヨーク・ファッションが猛烈に伸びてきており、ラルフローレンは喉から手が出るほどほしいブランドだった。

オリエント・レディは、初年度の売上げとして二十億円程度を見込んでいた。これは会社全体の売上げの約五パーセントに相当する額である。


四月六日――

ヤング・ファッションの草分けであるヴァンヂャケットが、東京地裁に会社更生法の適用を申請し、経済界に衝撃を与えた。負債総額は約五百億円で、繊維業界では昭和四十九年に倒産した阪本紡績（大阪府）の六百四十億円に次ぐ、史上二番目の大型倒産となった。

その十八日後の四月二十四日、山梨のヒツジ屋洋装店を前身とする婦人服製造大手、花咲も東京地裁に会社更生法の適用を申請し、事実上倒産した。負債総額は約七十六億円だった。同社は一昨年十月に帝人の元販売部長を新経営者として迎え入れたが、時すでに遅かった。

一方、池田定六は、毎年の増収増益決算に安住せず、着々と経営の近代化へ布石を打った。本社を思い切って長年住み慣れた神田から千代田区九段南の皇居を望む七階建ての新しいビルに移し、物流や顧客情報を管理するコンピューター・システムの開発に着手した。また西新宿と大阪市西区に倉庫を備えた大型の営業センターを開設し、毛織物やニットのコンバーター（生地製造問屋）を買収し、全国各地に支社や縫製工場を作った。

海外ブランドとの提携による新商品も矢継ぎ早に世に送り出し、社員たちに欧米のファッション産業を学ばせるため、毎年五十〜九十人を八日間程度の日程で、パリ、ミラノ、ニューヨークなどに派遣した。

それから間もなく――

オリエント・レディの新宿営業センターは、新宿駅南口から歩いて十分ほど、西新宿三丁目の国道20号沿いという好立地に建つ真新しいビルだ。

一階から三階が倉庫兼物流センター、四階が百貨店第一部と第二部、五階が百貨店第三部と量販店部、六階が検品部、七階が社員食堂になっている。

百貨店第一部は、伊勢丹、三越、高島屋など、第二部は松坂屋、西武、そごうなど、第三部は、東北、関東、北信越、東海地方の百貨店、量販店部はイトーヨーカ堂や西友ストアー（現・西友）などを担当している。

朝、デスクでその日の準備をしていた百貨店第一部の新人、堀川利幸《としゆき》は、先輩社員から声をかけられた。

「……おい、トシ坊、行くぞ」

「はっ、はい」

スーツ姿の堀川は立ち上がり、先輩の後を追う。

二人は、ビル裏手の駐車場に停めてあった営業用の白い小型車に乗り込み、堀川がハンドルを握って車を発進させた。

時刻はまだ午前八時で、出勤するサラリーマンたちが新宿駅へ黙々と歩き、車道を走っている車はトラックが多い。

「先輩、一つ教えてほしいんですけど……」

「ん、なんだ？」

後部座席で、納品実績表を食い入るように見ていた二十代後半の先輩が顔を上げる。

「うちの製品はどうしてみんな裏地がキュプラ一〇〇パーセントなんですか？」

キュプラは、綿花を採集したあと綿実《めんじつ》の表面に残っている二～六ミリの密生した繊維「コットンリンター」（綿のカスの部分）から作られる高級生地だ。旭化成《あさひかせい》が「ベンベルグ」として商標登録しており、世界シェアの九割以上を握っている。

「他社はだいたいポリエステルですよね。裏地なんかお客さんはあんまり見ないから、キュプラなんか使う必要はないんじゃないんですか?」

「あのなあトシ坊、キュプラは吸湿性がいいんだ。それに静電気も起きにくいから、冬になってもパチパチしなくて、着心地がいいんだ」

「はあー、そうなんですか」

「うちはな、お客様に満足して頂けるよう、見えない部分とかお洒落に関係ない部分でも努力してるんだ。それがオリエント・レディのものづくりなんだ」

やがて二人が乗った小型車は、日本橋にある大手百貨店の一つの駐車場に入り、二人は車から降りる。

「お早うございます!」

「いつもご苦労様です!」

二人はビル裏手にある通用口のそばに立ち、出勤してくる社員たちに挨拶をする。

すらりとした体型で、普通のスーツ姿でもあか抜けた雰囲気を漂わせた堀川利幸は北九州の出身で、都内の私立大学に通っていた頃からファッションに興味があり、アルバイトをしては、よく池袋のパルコで買い物をしていた。

最先端のファッション専門店が集まるパルコは、「新しいぜいたく」(昭和四十六年)、「死ぬまで女でいたいのです」(五十年)、「ファッションだって真似《まね》だけじゃダメなんだ」(同)といった刺激的なコピーと前衛的なグラフィックアートの宣伝で新しい時代の風を吹かせていた。

堀川もそういう世界で働きたいと思い、オリエント・レディに就職した。ただし最初は全員営業で、仕事は厳しいというのは聞いていた。入社直後の赤城山（群馬県）での一週間の新人研修では、社会人としてのマナーを洗脳レベルまで叩き込まれ、声が嗄《か》れるまで挨拶や返事の訓練をさせられた。

「あっ、係長、お早うございます！」

先輩社員が、婦人服売り場を担当している係長を見つけて、駆け寄る。

「あっ、またきみたちか！　まったくご苦労さんだねえ」

百貨店の係長は苦笑する。

「あのう、昨日お電話しましたブラウスの納品書なんですが、ご印鑑を頂きたいと思いまして」

アパレル・メーカーと百貨店の取引は委託販売で、とにかく品物を納め、店頭に並べてもらわないと始まらない。

「えっ、もう持ってきたの!?　来週くらいだと思ってたのに……ったく、しょうがねえな！　じゃあ、ハンコつくから、とにかく入りな」

「有難うございます！」

二人は、相手に続いて通用口を入る。

事務所で納品書に印鑑をもらうと、婦人服売り場に行って、商品を並べたりして、開店準備を手伝う。

「いらっしゃいませ！」

「お待たせいたしました！」

開店すると、二人は百貨店の店員や販売員たちと一緒になって、婦人服売り場で働く。

入社して日が浅い堀川の仕事は、主に寸法直しと入金だ。販売員から直しのピンを打ち込んだ商品を受け取り、少し離れた直しのコーナーまで走って行き、直しが終わると商品を包み、入金作業をする。

正午すぎに、二人は百貨店の係長から声をかけられた。

「今日はちょっと暑いせいか、おたくのカットソーがよく出るんだよなあ。あのボートネックのやつ、急ぎで十枚くらい補充してもらえないかなあ」

そういって少し離れた場所のハンガーの商品を顎で示した。

襟ぐりの広いマリーン・タイプで、色は生成りとブルー系の二種類があった。

「かしこまりました！　すぐ取ってきます！」

二人は急いで駐車場に走り、白の小型車に乗り込む。

新宿営業センターにとって返すと、倉庫の中に駆け込んだ。

天井に取り付けられた長い銀色のバーに、ビニールカバーをかぶせられた商品が見渡す限りハンガーでぶら下がっていて、鏡の間に迷い込んだようだった。

「よし、あった！　トシ坊、抜けっ！」

目指すカットソーを見つけ、先輩が叫んだ。

「先輩、抜けって……でもあれ、納品先にほかのデパートの名前が付いてるじゃないすか！」

各商品をどの取引先にどれだけ配分するかは、コントローラーの権限だ。

「いいから抜け！」

「ええーっ!?　……じゃあ、三枚くらい、ですか……？」

「馬鹿っ！　少しだけ抜いたらかえってバレるだろ！　全部抜け、全部！」

「ぜ、全部……!?　は、はいっ！」

堀川は仕方なく、十数着のカットソーをすべてバーから外し、二人で担いで車に運んだ。

走る車の中で、先輩は、ほかの百貨店の名前が付いた札を剝がし、納品書を書く。

「おお、よく持ってきてくれた！　有難う、有難う！」

百貨店に戻ると、係長に感謝された。

「お安い御用です。うちは即断即決ですから。いつでもお申し付け下さい」

二人はハンカチで汗を拭いながら笑顔で答える。

あとで本来の納品先の担当者と揉めるかもしれないが、そのときはそのときだ。

夕方、二人は百貨店での仕事を終え、新宿営業センターに戻った。このあと、販売員の女性たちを新宿の居酒屋で接待する予定だが、田谷軍団では直帰などという甘っちょろいやり方は認められていない。必ず一度職場に帰って、売上げの報告や翌日以降の商品の補充の手配をしなくてはならない。

二人が四階の百貨店第一部に戻ると、例のカットソーが本来納品されるべきだった百貨店を担当している営業マンが「誰だぁー、俺のカットソー、持ってった奴はぁー!?」と血眼になって訊き回っていて、二人は首をすくめて自分の席にすわる。

フロアー中央近くのスチールデスクの一つでは、塩崎健夫がもの凄い剣幕で電話をしていた。

「……うちは貸衣装屋じゃねえんだ！　おたくはいったい、どういう社員教育をしてんだ!?」

田谷軍団の若頭格の塩崎は、三十代半ばで百貨店第一部の次長という要職に就いていた。

「キズものになった商品を、平気で返品伝票切って、送ってくんじゃねえ！」

電話の相手は、渋谷の大手百貨店だった。

百貨店は委託販売なので、売れ残った商品はアパレル・メーカーに返品できるが、陳列して皺になったり汚れた商品はちゃんとクリーニングして返し、照明で焦げたりしたものは返品しないのが礼儀だ。伊勢丹などは良識的にやってくれるが、西武や松坂屋は、店舗や担当者にもよるが、平気で返品してくる。しかも送料は着払いだ。


夏――

猛暑の日本では、タンクトップや肩ひものないベアトップが女性たちの間で大流行し、男たちをどぎまぎさせていた。

田谷毅一は、池田定六の甥で、生産部門担当常務から渋谷区円山町《まるやまちょう》の料亭に夕食に呼ばれた。

道玄坂上から京王井の頭線神泉駅にかけて広がる円山町は明治時代から続く花街で、三十軒あまりの料亭が集まっている。路地には打ち水がされ、黒塀の向こうから三味線の音が聞こえてくる。

「……社長も六十三歳になったし、最近はちょっとお疲れのようだ。東証上場を花道に、会長になって頂くのもいいんじゃねえかと思ってね」

道玄坂地蔵近くの料亭の空調が効いた離れで、面長でそこそこ男前の池田定六の甥が、さりげない口調で切り出した。銀座や料亭遊びが好きで、堅い社風の会社の中でやや異端の存在である。

「会長に……？」

田谷は驚きのあまり、冷酒のグラスを手から落としそうになる。

オリエント・レディの役員や部長クラスが飲むのは、もっぱら創業の地である神田、繊維街の馬喰町や横山町、あるいはそこから遠くない日本橋界隈だ。わざわざ円山町の料亭に呼び出されたとき、なにか秘密の話だと直感したが、まさかクーデターの相談とは思わなかった。

「うちもますます規模が拡大してるし、もう『生涯一丁稚』の時代じゃねえら？」

田谷より二歳上の池田の甥は、八の字眉の下の両眼に、妖しい光を湛《たた》えていった。

「しかし……社長は辞めようなんて、まったく考えてねえでしょう？」

「まあ、辞めて頂くっちゅうじゃあなく、会長として、日常の雑事から離れて、大所高所から会社を見て頂くということですよ」

池田の甥は、獣じみた眼差しで猪口《ちょこ》の日本酒を口に運ぶ。

（いったいなにを考えているずら……？）

池田の甥は、日頃、口うるさい池田を煙たがり、上場企業の重役らしく自由にふるまいたいと思っている節はあるにはあった。しかし、創業者で、絶対的な存在の池田を社長の座から本気で引きずり下ろそうというのは、驚天動地の野望だ。

「田谷さん、あんたが今、本気になれば、オリエント・レディを獲れるっちゅうこんだよ」

「え？　わたしが本気になれば？」

田谷は訝《いぶか》る。

「オリエント・レディの取締役は十人じゃんな」

「そうですね」

「あなたとわたしで二票だ」

十人の取締役は、社長の池田、専務の田谷、常務が三人、平取《ひらとり》が五人である。

「それから、あんたの息のかかった営業部門出身の平取が四人いるら」

その言葉に、田谷ははっとなった。

高度経済成長の追い風を受け、オリエント・レディは毎期増収増益を続けている。その原動力が営業部門で、ここ数年で、幹部が次々と役員に取り立てられた。四人の平取はそれぞれ、百貨店向け企画担当（元第三営業部長）、経営統括本部付（元第四営業部長）、グレード（量販店）営業統括、百貨店向け販売担当を務めている。

「二票プラス四票で六票。これで天下を獲れる」

池田の甥は、雷に打たれたような顔つきの田谷に、にっと嗤《わら》いかけた。

秋——

オリエント・レディの取締役会で、田谷毅一が社長交代の提案をした。

池田の甥との共同提案だったが、職位が上の田谷が内容を説明することになった。

「……池田社長は、創業以来、我が社を力強く牽引され、今日の社業の隆盛は、ひとえに池田社長の手腕と、ご指導の賜物であります」

提案内容を読み上げる田谷の全身が、じっとりと汗ばんでいた。

池田に対する畏怖と、権力が自分の掌《てのひら》に転がり込んでくるかもしれないという興奮がないまぜになって、身体の中で嵐のように渦巻いていた。

「しかしながら、六十三歳になられた社長に、拡大を続ける社業を一身に担うというご苦労をおかけするのは、わたくしどもとして、はなはだ心苦しく……」

会議用テーブルの真向かいにすわった池田が、大きなフレームの眼鏡で田谷を射るように見つめていた。

数日前、田谷と甥が社長交代の提案をすると聞かされた池田は、怒り心頭に発したが、間もなく冷静さを取り戻した。二人が票を固めた上で動いていることも察知した。

「……今後は、取締役会長として、より大きな視点からわたしどもをご指導頂きたく、本提案をさせて頂く次第であります」

そういって田谷は説明を終えた。全身が汗でぐっしょり濡れていた。

「なにか、意見のある方は？」

議長役の池田が冷静に訊き、役員たちを見回す。

田谷と池田の甥は緊張でやや青ざめ、四人の営業部門出身の平取は無言でうつむいていた。常務の一人である池田の女婿、文男は元々大人しい性格で、突如として社長と専務・常務が会社を二分して対峙《たいじ》するという未曽有の事態に、声を発することもできない。

「それでは、本件は、会社の将来に大きな影響を与える提案なので、この場で採決はとらず、次回の取締役会であらためて議論することにしたいと思います」

その言葉に池田の甥が、苛立《いらだ》ったような目配せを田谷に送り、採決を求めるよう促した。

しかし田谷は、蛇に睨まれた蛙のように動くことができなかった。


その晩——

池田定六は、文京区本駒込の自宅の座敷に、長年の腹心で、今は監査役を務める明治生まれの元専務を迎えた。

「……池田さん、あの二人を解任したらどうずらね？　銀行筋の支援を取り付ければ、あんな奴ら、簡単に追い出せるらに」

額が禿げ上がり、分厚いレンズの眼鏡をかけた七十歳の元専務が、憤然としていった。

「まったく、なんちゅう犬畜生にも劣る恩知らずだ！」

そういって猪口の熱燗《あつかん》を呷《あお》るように飲み干す。

「まあ、今が勝負どきと思ったずらね」

藍色の亀甲絣《きっこうがすり》の大島紬《おおしまつむぎ》を着てあぐらをかいた池田は淡々といって、座卓の上の徳利《とっくり》を手酌で傾ける。

「役員の入れ替えで、今後、営業出身者が減ったりするとまずいから、乾坤一擲《けんこんいってき》の勝負に出たっちゅうこんだね」

そういって池田は猪口の熱燗を口に運ぶ。

「銀行筋に話して、役員を入れ替えるじゃんか（入れ替えましょう）」

オリエント・レディの筆頭株主は池田で、全株式の六パーセントを握っている。次がこの元専務で二・四パーセント。それ以外の大株主は、増資を引き受けた三和、東海、住友、富士をはじめとする銀行や伊勢丹など百貨店だ。

「いや、みっともないことはできんね。そういうことは会社のためにならない」

「しかし……」

「今回、こういうことがあって、あらためて考えてみたけんど、そろそろ自分も退《ひ》きどきっちゅうこんかもな」

「そんな……まだ六十三じゃねえですか」

「いや、さすがに俺も少しくたびれてきたよ。十五で働き始めて、もう五十年近く丁稚をやってきたからねえ」

苦笑を浮かべ、小皿に盛った小女子《こうなご》の佃煮《つくだに》に箸を伸ばす。その表情は、戦前からの波乱万丈の日々を思い浮かべているようだった。

「しかし……次の社長は、どうするっちゅうこんで？」

「そりゃあ、田谷しかいんじゃんな」

「しかし、娘さんの……」

常務である池田の女婿、文男も次期社長の選択肢だ。

選択肢というより、そちらを選ぶのが世間では普通で、新潟の鈴倉織物なども社長の女婿である鈴木七郎が後継者に内定している。

「あいつにゃあ無理だ」

池田はにべもなくいった。

「真面目すぎる。商売っちゅうもんは、時には荒っぽいこともできなきゃ駄目だ」

「はあ……」

「それに会社は個人の所有物じゃねえ。私利私欲や好き嫌いで経営者を選べば会社は滅びる。アメリカの会社は、皆そうしてるじゃねえか」

「社長、そこまで……！」

元専務は一瞬絶句する。

「しかし、田谷は人間的にはどうずらね？　金に汚いとか、よくない話も多いけんど」

田谷は、付き合いのある証券マンに「オリエント・レディと仕事がしたければ、（発行後すぐに値上がりする）転社《てんしゃ》（転換社債）や新規公開株を俺によこせ」と要求し、役員報酬では買えないような豪邸を品川区高輪《たかなわ》に建てた。

「確かにあいつは金に汚いし、商売に限らず、異様なまでに勝つことにこだわる。子ども時代の貧しさゆえの業《ごう》ずらね。衣食足りて、少しは直るかと思ったけんど……」

座敷の窓の向こうには、住宅街の夜空に白い十六夜《いざよい》の月が浮かんでいた。

「あいつの実家は本当に貧しかったぞ。その上、作物の出来が悪いっちゅう年もあるし、母親が病気になったこんもあったしな。いつなんどき不幸に襲われるかもしれん恐怖と頼れるのは金だけだっていう思いが骨の髄まで染み込んでるずらな」

「そりゃあ、悲しいこんですねえ」

「ああ。……ただ仕事じゃあ、奴の右に出る者はおらん」

「まあ……確かに」

「オリエント・レディは、これからますます業容が拡大する。他社に負けん近代経営が必要だ。それには奴の商売のセンスとエネルギーが要る」

度の強い眼鏡をかけた元専務は不承不承といった感じでうなずく。

「ここで内紛を起こせば、客先、仕入れ先、社員のすべてに迷惑をかけて、社名に傷が付く」

「うーん、それはそうだけんど……」

元専務は、やはりまだ納得していない顔つき。

「とにかく、俺も取締役会長として会社に残るから。将来なにかあったら、それこそ銀行筋に支援してもらって、改革に乗り出すさ」

数日後、池田は田谷を呼び出し、自分は取締役会長となり、社長の座を譲ると告げた。田谷はただひたすら畏《かしこ》まってそれを受けた。

ここ一年ほど、疲れたといって時々会社を休んでいた池田は、その後、週に半分ほどしか出社しなくなった。会社に行かない日は、自宅座敷の炬燵《こたつ》で一人麻雀をしてすごした。

薄日が差し込む座敷で、自分の分だけ目の前に牌を並べ、牌を引いたり、緑のフェルトの布にコロンと捨てたりしている丸い背中は、無限の悲しみをこらえているようだった。

十一月上旬――

東京の木々が赤や黄色に色づき、師走の足音がそろそろ聞こえ始める頃、オリエント・レディの新宿営業センター四階の百貨店第一部で、五人の若手が課長に呼ばれた。

「……あー、お前らも知ってのとおり、あいつがこれんなっちゃったもんだから、誰か後任を探さなきゃならなくなった」

黒々とした頭髪をオールバックにした三十歳すぎの課長が、首に手刀をあてていった。

つい先日、伊勢丹新宿店の特選婦人服売り場「オーキッドプラザ」を担当していた営業マンが一着三十万円くらいするコートを二十着以上質屋に持ち込んで現金化していたのが発覚し、懲戒免職になった。新宿や渋谷の違法カジノのブラックジャックで金をすって、サラ金に返済できなくなり、倉庫の窓から商品をトラックに積んで犯行に及んだ。

「誰か、自分からやりたいという奴はいないか?」

中背の痩せ型で、子どもっぽさを残す風貌のわりには、妙に堂々とした話し方をする課長が、周りに椅子を持ってきて集まった五人の若手を見回す。

しかし、五人ともうつむいたままである。

「先輩、独り立ちするチャンスじゃないですか。男気見せて下さいよ」

堀川は、隣にすわった一年上の先輩を肘でつつく。サーフィンが趣味で、見た目もな

かなか恰好よく、いつも「商売は気合いだ、気合いだ、気合いだ！」と堀川にいってい
る男だった。
「ば、馬鹿！　あそこはお前、伊勢丹の中で一番難しい売り場だし、しかも鬼の湊谷《みなとや》バ
イヤーがいるんだぞ」
伊勢丹新宿店は日本の婦人服売り場の最高峰で、要求も他の百貨店より厳しく、アパ
レル各社とも特別待遇をしている。下代《げだい》（仕入れ価格）は、他の百貨店の場合、上代
（小売価格）の六〇〜七〇パーセントだが、伊勢丹はそれより五〜一〇パーセント低い。
しかも婦人服のバイヤー、湊谷哲郎《てつろう》は、抜群の目利きで、商売にシビアな、超一流の百
貨店バイヤーとしてその名が轟《とどろ》いている。
「誰もいないのか？」
課長が五人を見回すが、五人とも相変わらずうつむいたまま。
「まあ、あの売り場は、お前らも知ってのとおり、一番難易度が高い売り場だよな。誰
がやっても上手くいかないだろ」
堀川たちは、内心でうなずく。
「課長の俺がやっても上手くいかないと思うよ。……ということは、誰がやってもおん
なじってことだよな」
（な、なんかすごい理屈だな……！）

堀川はやや啞然《あぜん》としながら聞く。

「堀川、九州のお母さんは元気か？」

課長が唐突に訊いた。

堀川は北九州の出身で、幼い頃に父親を病気で亡くし、母一人、子一人で育った。

「え？　は、はあ、元気ですが……」

「そうか、九州のお母さん、元気か。……どうだ、堀川。お前、担当してみないか？」

「えっ!?」

堀川は耳を疑った。まさか一年生の自分が、難しく、重要度も高く、しかも鬼のバイヤーがいる売り場の担当になることはないだろうと思っていた。

「堀川、お前、やってみろ。上手くいかなくたって、怒られることはないし。もし上手くいったら、お前、お母さんがお喜びになるぞ。成功体験、積んでみろ」

課長は、もう決めたとばかりに迫ってきた。

堀川は堀川で、「利幸ちゃん、よく頑張ったわね」と喜ぶ、優しい母親の顔がなぜか瞼に浮かび、思わず「やらせて下さい！」と返事をしていた。

翌日——
堀川は伊勢丹新宿店に出向き、バックヤード（売り場の壁の裏側）で湊谷哲郎に会った。

三十代後半の湊谷は、田谷毅一のような悪相ではないが、紳士然とした風貌にどこか近寄りがたい雰囲気を持った男だった。日本で指折りの辣腕バイヤーらしいオーラも漂っていた。

「……新しい担当の堀川でございます。宜しくお願いいたします」

高級スーツの足を組んで椅子にすわった湊谷の前で、直立不動で頭を下げ、両手で名刺を差し出した。

「ふん」

湊谷は面白くなさそうな顔で名刺を片手で受け取ると、ぽいっと横に捨てた。

（あれっ、どういうことだ!?　なにかの間違いか……？）

堀川はわけが分からず、床に落ちた名刺を拾い、手で汚れを払う。

「オリエント・レディの堀川でございます」

再び頭を下げ、両手で名刺を差し出すと、湊谷はまた片手で受け取り、また床に捨てた。

（いったいなんなんだ、このおやじは!?）

内心むっとしながらまた名刺を拾い、汚れを払って、差し出そうとする。

「いらねえよ、お前の会社の名刺なんて」

湊谷が吐き捨てるようにいった。

「前辞めたのが、命かけて作った商品を横流ししたんだろ？　そんな腐った奴がいるメーカーの商品なんて要らねえよ」

（あ、やっぱりバレてたのか！）

「後釜は要らん。名刺も要らん」

「そうおっしゃらずに。何卒宜しくお願いいたします」

堀川が必死の思いで頭を下げ、名刺を差し出すと、今度は受け取った。

「お前は、どこの大学なんだ？」

「はい、わたくしは……」

堀川が大学名をいうと、湊谷は「なんだ、早稲田じゃないのか」とつまらなそうにいった。

あとで聞いたところでは、伊勢丹は慶應閥が強いが、湊谷は早稲田卒で、同窓の人間に親近感を感じているということだった。湊谷の下のアシスタント・バイヤーも早稲田大学出身者だった。

約三週間後――

「おい、竹槍《たけやり》、ちょっとこい」

堀川は伊勢丹新宿店で湊谷に呼ばれた。

堀川は「オーキッドプラザ」以外にもブラックフォーマルとカラーフォーマルの売り場を担当し、一年生でろくに商談もできないので、カタログ片手に「買って下さい、納品させて下さい」とバイヤーたちを追いかけ回していた。その姿を見た湊谷が、堀川を竹槍戦法の「竹槍」というあだ名で呼ぶようになった。ある意味で、可愛がられており、堀川は、二十代後半のアシスタント・バイヤーとも仲良くなっていた。

「例のな、前任の馬鹿に頼んであったやつ、来月のメインで十二月の第一土曜日に出すから、来週納品してもいいぞ」

雑然としたバックヤードの椅子にすわり、注文の控えのファイルを開いて、湊谷がいった。

「もう商品は上がってんだろ？　お前、いつも納品したい、納品したいっていってるじゃないか。だったらすぐに納品しろ」

「はっ、かしこまりました。直ちに納品いたします！」

前任者が突然懲戒免職で辞めたため、引き継ぎをまったく受けていない堀川は、なんのことかさっぱり分からなかったが、とにかく最敬礼した。十二月の第一土曜日は、日本で一番冬物のコートが売れる日なので、相当重要な注文だというのは分かった。

急いで新宿営業センターに戻り、伊勢丹からの発注伝票を確認すると、上代で一着三十六万円もするピュア・カシミヤの超高級婦人物コートの注文だった。

（こっ、これは、もの凄い注文だ……！）

発注伝票を見て、堀川は興奮を抑えられない。

七号、九号、十一号、十三号のサイズごとに各十枚、合計四十枚で（上代）総額千四百四十万円の注文だった。伊勢丹は他の百貨店と違い、無駄な在庫は徹底して持たない方針なので、普通であれば、「二・三・三・二」（各サイズ、二枚、三枚、三枚、二枚）という感じで注文してくる。しかし今回は、まさに冬物のメインとして並々ならぬ力の入れようだ。しかも、追加の伝票もあり、電卓を叩いてみると、上代で総額約五千万円の大量発注だった。

（商品は、どうなってるんだ……？）

堀川は社内の納品リストのページを繰る。

（あれっ、ない！　どうしてだ？）

堀川は何度もページを繰って、納品リストを隅から隅まで舐めるように確認した。

しかし、超高級ピュア・カシミヤ・コートはどこにも記載がない。

（おかしいなあ……）

怪訝に思い、本社のコントローラーに電話をかけた。

「あのう、すいません。百貨店第一部の堀川ですが。……はい、どうも。例のピュア・

カシミヤ・コートの納品についてお訊きしたいんですけど」

「ああ、あれ？　あれは少し前に生産中止になったけど。知らなかった？」

コントローラーの男性は、あっさりいった。

「ええっ、生産中止!?」

堀川は真っ青になる。

「ほ、ほんとですか!?　ど、どうして生産中止になったんですか!?」

「なんか、生地不良があったらしいよ」

件《くだん》のピュア・カシミヤ・コートの生地は、北イタリアの織物の名産地、ビエラのメーカーが作ったものだった。しかし、織りにムラがあって、プレスすると皺が入ったりしたという。素人が見ても分からない程度の皺だが、品質に厳格なオリエント・レディは受け付けなかった。

「生地不良……！」

堀川の全身から汗が噴き出す。

慌てて本社の商品企画部に電話をかけ、事の真偽を尋ねると、確かに生地不良で生産中止になったという。

堀川はショックで頭がくらくらしそうになった。

「せ、先輩。このピュア・カシミヤ・コート、生産中止になったって、聞いてます？」

そばの席にすわっていた営業マンに訊いた。都内の別の百貨店を担当している男だった。

「おお、聞いてるよ。今年の冬の目玉だったから、みんな、参ったなあって頭を抱えたぜ。……あれっ、お前、知らなかった？」

「はっ、はい、知りませんでした。いつ頃、生産中止って決まったんですか？」

「あれは確か、十一月の頭くらいじゃなかったかなあ」

堀川の前任者が懲戒免職になる前後のごたごたした時期だ。

堀川は真っ青な顔で伊勢丹新宿店に戻った。

最重要顧客である伊勢丹の売上げに五千万円の穴を開けるという、未曽有の事態である。

「オーキッドプラザ」に行くと、白いワイシャツにネクタイ姿の湊谷がいた。

「おい、竹槍。もう納品したか？」

一瞬ぐっと詰まったが、次の瞬間、口から嘘が飛び出した。

「はい。今、三光町《さんこうちょう》に向かっていると思います」

新宿の三光町（現在の歌舞伎町一丁目と新宿五丁目の一部）には、伊勢丹の納品所がある。

（俺、なにいってるんだろ……）

堀川は、自己嫌悪にさいなまれる。

「そうか、よろしく頼むぞ。十二月のメインの商品だからな」

湊谷の言葉に、胃がきりきりと痛んだ。

その日は気持ちが悪くなって、早退した。


翌日――

朝、行こうか行くまいか迷いながら、伊勢丹新宿店に出向くと、湊谷から呼ばれた。

「竹槍ぃ、商品が三光町にきてないじゃないか。どうなってんだ？」

湊谷は不機嫌そうだった。

「輸送ルートのどっかで、つっかえてんじゃないか？　見てこいよ」

「はい、見てきます！」

堀川は駆け足で売り場を出た。生産中止といえず、もうどうしようもなかった。

暗い顔でそのまま新宿営業センターに戻ると、同期の営業マンがいたので、事情を相談した。

「……やっぱりこれって、ヤバいよなあ？」

「お、お前、それ、ただじゃ済まないぞ！」

山形県の百貨店のオーナー一族の息子で、オリエント・レディで修業している同期の男は、堀川の恐怖が伝染したように青くなった。

「湊谷バイヤーにそんな嘘ついて、メインの商品に穴を開けたって……お前、洒落にもなんねえぞ。とにかく明日、朝一で、課長と謝りに行けよ。もうそれしかねえよ」


翌朝――

堀川は、新宿営業センターに出社すると、席にすわっている課長のところに行った。

「課長、ご相談がございます」

長身を折り曲げ、頭を低くしていった。

「堀川、気分の悪い話じゃねえだろうな？」

頭髪をオールバックにした、やや童顔の課長は、朝から機嫌が悪そうだ。

「めちゃくちゃ気分悪いと思います」

「朝から気分の悪い話なんて聞きたくねえよ！」

とりつく島のない口調で一喝された。

「分かりました。それでは、後ほど」

堀川は退《ひ》き下がるしかない。

悄然《しょうぜん》として伊勢丹新宿店に出向くと、湊谷哲郎がかんかんに怒っていて、バックヤードの事務室に連れて行かれた。

「竹槍、お前、なにやってくれたんだ!?　商品どうなったんだ!?　納品したんじゃないのか!?」

「申し訳ございません!　わたくし、嘘をついておりました!」

直立不動の姿勢で頭を下げた堀川の両目から涙がぽろぽろこぼれ落ちた。

「あのコートは、生産中止になりました。誠に申し訳ございません!」

堀川は泣きながら土下座しようとした。

「馬鹿野郎!　土下座なんか要らねえよ!」

厳しい声で一喝され、悄然として気を付けの姿勢に戻る。

「ったく、なんてことやらかしてくれたんだ!　俺はお前を殴りてえよ!」

湊谷は顔を真っ赤にして、こぶしを握り締め、わなわなと震えた。

「この馬鹿野郎!」

そばにいたアシスタント・バイヤーの男を磨き上げた革靴で思いきり蹴飛ばし、アシスタント・バイヤーは吹っ飛んで、床の上に這いつくばった。

さすがに他社の人間には手を出せないと思ったようだ。

「申し訳ございません!」

堀川は、なおも蹴ろうとする湊谷から、アシスタント・バイヤーを庇《かば》おうとする。

「いいよ、ほっとけよ!」

普段は仲良くしていたアシスタント・バイヤーからも冷たい言葉を浴びせられる。

「『冬のオリエント・レディ』が、冬物でコケてどうすんだ!?」

湊谷が両手のこぶしを握り締めたままいった。

「申し訳ございません!」

堀川は涙で濡れた顔で、頭を下げ続けるしかない。

オリエント・レディは冬物のコートには定評があり、冬物だけならバーバリーを擁する三陽商会に負けていない。

「お前んとこは、もう取引停止だ!」

堀川はうつむいたまま、その言葉を聞く。

取引停止になっても仕方がない大失態である。

「だけど、悔しいけどな、お前んとこのコートがなかったら、うちの売り場の来年二月までの商品ラインナップに穴が開くんだ」

湊谷の声が多少落ち着きを取り戻していた。

「だから商品の納入は続けてくれ」

「はい」

「その上で、二月末日をもって春物シーズンの立ち上がりなし。口座は抹消して取引解消。そう上司にいっとけ」

新宿営業センターに戻って、上司の課長に事の次第を報告すると、課長は驚いて「なんでもっと早くいわなかったんだ!?」と怒った。

(なんでって、あんたが気分の悪い話は聞きたくないっていったからでしょ!)

翌日、朝一番に、百貨店第一部次長の塩崎健夫、課長、堀川の三人で伊勢丹に謝りに行ったが、アシスタント・バイヤーからけんもほろろの扱いを受け、湊谷には会えなかった。その次に、百貨店第一部長、塩崎、課長、堀川の四人で出直したが、やはりけんもほろろだった。社長の田谷毅一を引っ張り出すわけにもいかないので、本社の営業担当役員にかけ合ったが、田谷のイエスマンにすぎない役員は、修羅場にしり込みして出てこなかった。

堀川は自分一人が悪いとは思わなかったが、なんとなくその場の勢いで辞表を書き、課長に差し出した。課長は「お前はいいよな、気楽で。お前は辞めたら済むかもしれないけど、売り場があるんだろ、二月まで。売り場は誰がやるんだよ?」といった。本気で辞めるつもりだった堀川が「いやぁ、誰ですかね?」というと、課長は「お前、やれよ。ちゃんと二月末までやって、それから辞めればいいじゃないか。これは一応もらっとくけど」といって、辞表を机の引き出しにしまった。

堀川にとって二月末まで三ヶ月間、針の筵《むしろ》の日々が始まった。売り場で湊谷やアシスタント・バイヤーに会って「毎度有難うございます」と挨拶をしても、返事をしてもらえなくなった。伊勢丹では約五十社の婦人服メーカーの営業マンたちが入り乱れて仕事をしており、新入社員の堀川は、実力的にまったく敵ではないと思われていたせいか、他社の営業マンたちに優しく付き合ってもらっていた。しかし事故のあとは、湊谷の命令にしたがって、一切口をきいてくれなくなった。オリエント・レディの三人の女性販売員たちも、誰にも口をきいてもらえなくなったので、いたたまれなくなって、皆「辞める」といい出した。それを堀川が「二月末までは売り場がありますから。それまではなんとかお願いします。二月末には自分も辞めます」と必死で引き留めた。

堀川は、穴を開けた伊勢丹の売上げ約五千万円をなんとかして埋めようともがき苦しんだ。

そして店外催事に目を付けた。これは京王プラザホテルなどを会場に、伊勢丹のお客様限定で開かれる特別販売会だ。堀川はそこに商品を安く提供して、売上げを穴埋めしようと考えた。もちろん商品が売れれば、であるが。

オリエント・レディでは、月曜から金曜まで出荷価格はコンピューター管理され、一定の仕切り価格以下では出荷できない。しかし、土日はコンピューターが止まり、課長のサインと印鑑さえあれば、仕切り価格より低い値段でも特例で出荷できる。営業マンたちは、闇出荷をするために、課長のサインを真似、堀川も先輩たちに教えられて、必死で課長のサインの練習をした。

十二月のある金曜日の晩――

堀川は一人で残業をしていた。闇出荷をするため、値引きした値札を作り、全員が帰宅したあと、下の階にある倉庫に入って商品に値札を付け、トラックに積み込もうと考えていた。

「おい、堀川。残っているのはもうお前だけだよな。俺はもうさすがに帰るぜ」

がらんとしたオフィスで、課長がいった。

堀川が伊勢丹で針の筵で苦しんでいることも、なんとか売上げを取り返そうともがいていることも感づいていた。

「俺は帰るけど、一緒に飲みに行かないよな？」

「まだ仕事がございますので」

「そうか。……俺、なんかちょっとつぶやきたい気分なんだよな」

「は……？」

「俺は帰るけど、俺のハンコはさ、机のこの右上の引き出しに入ってるんだよな。俺の大事なハンコだけど」

堀川は、いったいなにをいい出すのかと思う。

「お前ら悪い営業はさ、俺のサインを真似して、ハンコ捺《お》して、よくインチキしてるよな？」

「は、はあー……」

否定も肯定もできない質問だ。

「お前ら、このハンコが喉から手が出るほどほしいだろ？　サインは偽造できるけど、ハンコは偽造できないからな」

「め、滅相もございません！」

「俺はもう帰るけど、ハンコはこの引き出しの中にあるからな。普段は鍵かけて帰るけど、もしかしたら今日は鍵かけるの忘れたかもしれねえな」

そういって課長は帰って行った。

（今のは、いったいなんなんだ……？）

堀川は訝りながら立ち上がり、課長の席に近づいて右上の引き出しに手をかけた。鍵はかかっておらず、引き出しはスッと開き、そこに課長の黒い印鑑があった。

（こ、これは!?　……闇出荷をやってもいいってことか!?）

新入社員で、社会人の機微にまだ疎い堀川にも、課長の意図がようやく分かった。

その日から、課長は毎週金曜の晩、机に鍵をかけずに帰宅するようになった。

堀川は、通常上代の六五パーセントの仕切り価格割れや、場合によっては、同約三〇パーセントの原価割れで、どんどん闇出荷した。

オリエント・レディの商品は、伊勢丹の店外催事で飛ぶように売れた。しかし、店外催事は月に一、二回しか開かれないため、約五千万円の穴を埋めるには至らなかった。

そこで堀川は、本社でブランドの売れ行きなどを管理しているＭＤ（マーチャンダイザー）の一人に泣きつき、サンプル用のタグを数百枚手に入れ、倉庫にある正規品のタグを密かにサンプル用のタグに付け替えた。本来、サンプルというものは、展示会で使う試作品で、通常九号（Ｍサイズ）のみで、一つの品番（型）に一点から三点程度しか存在しない。売るときは正規品の三分の一から四分の一の値段となる。下代はその七割なので、当然原価割れだ。堀川から数百枚のサンプルタグがほしいと泣きつかれたＭＤには、当然、堀川がなにやら悪だくみをしていると分かるが、ＭＤ自身も泥まみれの営業を経験しているので、武士の情けで事情を訊かれることはなかった。

堀川が湊谷に「オーキッドプラザ」でのサンプルセールを提案すると、他社にはできない商品供給なのですぐ採用され、伊勢丹の売り場マネージャーが、午後の時間を盛り上げるタイムセールとして、ほぼ毎日実施した。数が少ししかないはずのサンプルがどんどん出てきて、しかも九号以外のサイズまであるので、湊谷も、堀川がなにか普通じゃないことをやっていると気づいていたはずだが、あえてなにもいってこなかった。

在庫の棚卸は本社の企画部が毎月やっていたが、営業があの手この手で悪事を働くのは日常茶飯事で、会社全体として売上げがどんどん伸びていた時期でもあったので、大幅値引きの出荷が問題にされることはなかった。企画部員たちも皆営業経験者だった。

間もなく堀川は、約五千万円の穴埋めに成功した。商品が売れると現金なもので、挨拶も返してくれない湊谷がやってきて、「おい竹槍、また納品を頼むわ」とか、冷たくしているのでバツが悪いのか「悪いけど、また来週追加納品を頼むわ。よろしくな」と照れたようにいったりした。


翌昭和五十四年二月下旬——

冬がすぎて、東京の日差しは明るく、暖かくなった。

伊勢丹新宿店では、あと一週間ほどで売り場が春物に衣替えし、売れ残った冬物を引き揚げる時期になった。

堀川はバックヤードの事務室にいた湊谷のところに挨拶に行った。

「バイヤー、今月いっぱいでうちの売り場がなくなりますが、本当にお世話になりました。三ヶ月間、大変失礼いたしました」

椅子にすわった湊谷の前で、深々と頭を下げた。

「春物は、どうするんだ？」

湊谷が訊いた。

「えっ!?　……いやバイヤー、展示会にもきて下さらなかったし、うちの口座も抹消されますから、春物は立ち上げようがないですよね？」

季節ごとに開かれる展示会には、百貨店のバイヤーたちがやってきて、仮注文を出す。オリエント・レディの春物の展示会は、昨年十一月中旬に開かれたが、湊谷は、堀川の前任者が商品を横流ししたのをけしからんと考えたようで、顔を見せなかった。

「いいから立ち上げろよ」

「いやいや、そうおっしゃられても、注文も頂いてませんし、準備もしてませんし、そもそもわたし、二月末で会社を辞めますから」

「なんで辞めるんだよ？　辞めるなよ」

「いやそうおっしゃられましても……」

会社を辞めて北九州に帰るつもりだった堀川は、困惑するばかり。

「これやるから」

湊谷が注文伝票を一冊差し出した。

受け取って見ると、まったくの白地で、湊谷の印鑑だけが捺してあった。

伊勢丹は注文伝票に細かく記載し、一枚一枚渡すのが普通だ。

(な、なんだ、これは!?)

「それやるから、お前が好きなように書いて納品しろ」

「いや、それは……」

堀川は驚きのあまり絶句する。

「そんなことは、できません」

「いいからやれ。春物、立ち上げろ。まあ、お前んところは、しばらく売れないと思うけどな。冬までは」

堀川は、新宿営業センターに戻ると、課長に事の次第を報告した。課長は「じゃあ、春物立ち上げろよ」といった。堀川が「自分は今月末で辞めるつもりでいるんですが」というと、「辞めるなよ。辞めなくていいよ。実は、湊谷さんからもうちの会社の上のほうに、お前を辞めさせるなって電話があったんだよ」という。課長は、「これはもう要らないから、捨てとくぞ」といって、机の引き出しから堀川の辞表を取り出し、びりびり破いて、ごみ籠に捨てた。

3

三月——

伊勢丹新宿店で、オリエント・レディの春物売り場が立ち上がって間もなく、千代田区紀尾井町にあるホテルニューオータニの宴会場で、田谷毅一の社長昇格と池田定六の会長就任の披露パーティーが開かれた。

会場は、皇居宮殿内の一室かと見まがう豪華で格調の高い内装の大広間で、千人以上の来客が詰めかけた。

田谷と池田が挨拶し、来賓が祝辞を述べたりしたあと、立食パーティーになった。

「……いやあ、田谷さん、今日はわたしまでお招き頂いて、恐縮です」

痩せた身体の上に小さな頭が載った七十歳半ばの老人が、好々爺《こうこうや》然とした笑顔で田谷に話しかけた。尾州の古川毛織工業の社長だった。

「古川さん、遠いところから有難うございます。いかがですか、景気は？」

〈社長田谷毅一〉と書かれた大きな紅白のリボンをモーニングの胸に付けた田谷が、水割りのグラスを手に相好を崩す。

「一時はもう駄目かと思いましたが、ここ何年かで、ようやく最悪期を脱したっちゅうところですわ」

尾州の織物業者は、伊藤忠商事の羊毛部長が予想したとおり、昭和四十年代前半に過剰在庫で三分の一が倒産し、日韓国交正常化による賃金の安い韓国への生産シフトやオイルショックが追い打ちをかけ、機屋の数は激減した。ただ最近は、バブル到来の前触れともいうべき日本全体の好景気の恩恵を受け、多少息を吹き返している。

「昔、三月の終わりんなると、一宮の駅前に、中学や高校の制服姿の集団就職の女の子たちがずらっと列を作って、機屋の人たちが出迎えにきてたもんですけどねえ」

田谷は、地方回りをしていた頃に見た光景を思い出す。

「もうそういう風景もなくなりましたなあ。うちとこも、女工さんの寮に使っていた建物は今は倉庫ですわ」

「まあ、栃尾も似たような状況ですよ」

かたわらから声がした。

田谷と古川が視線をやると、白髪にきれいに櫛を入れ、高級スーツを隙なくまとった痩身の男が微笑していた。

「これは鈴木社長、今日はお運び下さいまして、誠に有難うございます」

田谷が深々と頭を下げた。

大学教授然とした男性は、古稀《こき》をすぎた鈴倉織物の創業社長、鈴木倉市郎だった。長岡高等工業学校（新潟大学工学部の前身）応用化学科卒のインテリ社長だ。

「栃尾は鈴倉さんの一人勝ちのようじゃないですか」

「いや、そんなこともないですがね」

鈴木は苦笑した。

「ただ、皆さん、特繊法《とくせんほう》に飛びついて、借金が返せなくなって、ばたばたつぶれましたね。……残念なことですが」

織物業界の不況に機屋の規模拡大で対処しようと、通産省（現・経済産業省）が音頭をとり、昭和四十三年から、特定繊維工業構造改善臨時措置法にもとづく融資が行われた。これは新鋭機械を導入する業者に期間十二年（二年据え置き後十年返済）、金利二・二六パーセントの長期低利融資を供与する制度だった。

栃尾は、元大蔵大臣で、同年十一月から自民党幹事長に復帰した田中角栄の地元なので、織物業者たちは、いざとなったときには泣きつけばなんとかしてくれると考え、連帯保証で融資を受けた。

その後、オイルショックなどで苦境に陥った業者たちは、目白の田中邸に詣でて返済軽減を陳情したが、さすがの田中も「借金は返さんばならん」というしかなく、昭和五十一年まで返済猶予を認めるのが精いっぱいだった。

一方、鈴木倉市郎は、「構造改革は自らの汗と論理とイノベーションで成し遂げるもの」として借り入れはせず、「大手の利己主義」「機屋が一貫工場なんて、天に唾するもの」という地元業界の非難を浴びながら、自社の利益で設備投資を行い、死屍《しし》累々の栃尾でただ一社隆盛を誇っている。

「ところで、イランのホメイニ革命はどうなるんでしょうなあ。ちまたでは第二次オイルショックなんていうてますが」

古川毛織工業の社長が小首をかしげた。

先月、イランの親西欧政権のパーレビ朝が倒れ、ホメイニ師が主導するイスラム政権が発足した。内政の混乱で同国の原油生産が中断したため、イラン原油を大量に輸入していた日本では石油製品の供給が逼迫した。

「まあ、第一次のオイルショックのときから省エネも浸透していますし、イランもいずれ生産を再開するでしょう。たぶん、六年前のようなひどい状況にはならないんじゃないでしょうかねえ」

鈴木の言葉に、古川と田谷がうなずいた。

混雑する会場の別の一角で、東西実業のアパレル第三部の課長になった佐伯洋平が池田に話しかけていた。

「池田さん、大盛況ですね」

「おお、きみか。……うん、おかげさまでね」

そういって池田定六は、満足そうに会場を見回す。

イトーヨーカ堂の伊藤雅俊社長、伊勢丹の小菅丹治社長、高島屋の飯田新一社長、丸井の青井忠雄社長、そごうの水島廣雄《ひろお》社長、三和銀行の赤司《あかし》俊雄頭取、野村証券の田淵《たぶち》節也社長など、著名財界人たちの姿があちらこちらにあった。田谷が高校時代に相撲をとった元小結富士錦（のち六代目高砂親方）も駆けつけ、花を添えていた。

「錚々《そうそう》たる顔ぶれですね。もはや『つぶし屋』なんて誰もいえませんね」

佐伯も財界人たちに視線を向ける。

婦人用スーツとスカートに占める既製服の比率は、それぞれ八七・八パーセントと九六・四パーセントになり、完全に既製服の時代となった。

「有難う。だが、これからは新しい時代だ。『生涯一丁稚』の『つぶし屋』は去るのみだ」

池田の眼差しの中で達成感と寂しさが交差した。

（下巻に続く）

た価格というメリットがもたらされる。2019年までは日本工業規格と呼ばれていた。

SPA（製造小売業）

specialty store retailer of private label apparelの略。製品の企画・製造・小売りまでを自社で行うアパレル・メーカーのこと。卸問屋などの中間マージンを排除することで、低価格を実現する。ユニクロ、無印良品、GAP、ZARA、H&Mなどがこれに当たる。

比べると、製織時の糸の張力が強いため、生地の表面は均一できれいだが、平板な感じになる。

ロイヤリティ

商標や特許の使用料のこと。アパレル・メーカーなどが海外のブランドと提携した場合、ブランドの使用料として上代（小売価格）あるいは下代（卸売価格）の何パーセントかを支払う。

DC（デザイナーズ・アンド・キャラクターズ）ブランド

ファッションデザイナーのキャラクター・ブランドのこと。企画、宣伝、ショップ展開など、すべてにわたってデザイナーが打ち出すコンセプトに沿ってコーディネートされる。日本では1970年代から登場し、80年代にブームとなった。代表的なものはBIGI、イッセイミヤケ、ニコル、コムデギャルソン、ワイズなど。

JIS（Japanese Industrial Standards、日本産業規格）

産業標準化法（昭和24年法律第185号）にもとづく鉱工業製品に関する日本の標準規格。製品の技術用語、数値、種類、形状、品質、性能、試験方法、設計、製造、包装など、多岐にわたる。規格を標準化し、統一することで、生産者には生産合理化、技術向上、コスト削減、消費者には信頼性や安定し

羅紗（ラシャ）

厚地の毛織物で、織り目が細かく、表面を毛羽立ててフェルトのようにしたもの。丈夫で保温性に優れている。ヨーロッパで毛皮に似せて作られた。日本には室町時代末期頃に南蛮船によってもたらされ、陣羽織、火事羽織、のちに軍服、コート、帽子、ズボン、スーツなどに使われた。

レーヨン

絹に似せて作った再生繊維。昔は人絹（じんけん）、スフ（ステープル・ファイバーの略）とも呼ばれた。パルプやコットンリンターなどのセルロース（繊維素）を水酸化ナトリウムなどのアルカリと二硫化炭素に溶かし、それを酸の中で糸に紡いで作る。石油を原料とする化学繊維と異なり、加工処理して埋めると土に還る。滑らかな肌触り、吸湿性のよさ、光沢、染色のしやすさなどが特徴で、明治時代末期にヨーロッパから輸入された。柔らかな広がりや涼感を醸し出し、上着の高級裏地、婦人用肌着などにも使われる。

レピア織機

レピア（槍）と呼ばれる２つの細長い金属の棒あるいはバンドを使って、緯糸（よこいと）を経糸（たていと）に絡めていく織機。1950～60年代にかけて実用化され、ションヘル織機の３倍程度の速度で生地を生産できる。ションヘル織機に

布帛（ふはく）、ニット

衣料品を作るための素材は布帛とニットに大別される。布帛は経糸（たていと）に緯糸（よこいと）を絡めて、織って作った布地のこと。ニットは１本の糸でループを作りながら編んでゆく編地で、メリヤスとも呼ばれる。ニットは布帛に比べると伸縮性に富み、皺になりにくく、製造コストは安い。

ポリエステル

麻や絹に似せて開発された石油を原料とする合成繊維。製造技術の進歩とともに絹に似た軽さや光沢を持つものが開発された。乾きやすく、形崩れしづらく、カビや虫害に強い等の特性を持つ。幅広い衣料品の製造に使われ、日本における合成繊維生産量の約半分を占める。

マーチャンダイザー（略称・MD）

アパレル・メーカーの生命線である商品の企画を担う仕事。市場のトレンドや消費者の嗜好を収集・分析し、新商品を企画し、素材や工場を選定し、コストや上代を決定し、展示会を開いてバイヤーの反応を見極め、最終デザイン・生産数量・販売促進計画等を決定し、新商品を市場に投入し、売上げ・利益に責任を持つ。他の業界のプロデューサーに似た仕事。

パタンナー

デザイナーが作成したデザインをもとにパターン（型紙）を作成する専門職。

ハンガーラック

左右の支柱に支えられた横木に複数のハンガーがぶら下がった衣服の収納・陳列用の器具（家具）。支柱の下の台座に移動用の車輪が付いているものもある。

販売員（マネキン）

アパレル産業における販売員とは、販売員派遣会社の斡旋で、アパレル・メーカーの契約社員として百貨店などで働く人（主に女性）。働くにあたっては、当該の店（百貨店）で研修を受け、バッジも制服も店（百貨店）のものを身に着ける。通称・マネキン。

ファストファッション

最先端の流行を取り入れ、それを安く大量に提供するカジュアル衣料販売チェーン、およびそのような衣料品のこと。ユニクロ、無印良品、GAP（米国）、ZARA（スペイン）、H&M（スウェーデン）、フォーエバー21（米国）などが代表例。

発祥の地とする、太い羊毛を平織りまたは綾織りにした粗くざっくりとした風合いの毛織物。地厚で丈夫でスポーティ感があり、背広、婦人服、コート、ジャンパーなどに用いられる。

つぶし屋

戦後、既製服創成期に用いられた既製服業者を指す蔑称。当時、既製服は和服や古着をほどいた生地（和服や古着を“つぶした”生地）で作ることが多く、品質もよくなかったので、こう呼ばれた。

トラッド

米国の紳士服の様式。トラディショナル・スタイルの略で、流行に左右されない伝統的スタイルを意味する。直線的なラインのジャケットやチェック柄の細身のパンツ、ボタンダウン・シャツなどが主なアイテムで、アイビー・ルックが代表例。

撚糸（ねんし）

糸を1本または2本以上ひきそろえて撚（よ）りをかけること。または撚られた糸のこと。強度、弾力性、風合いを出すために行う。

染色整理加工

織り上がった生機（きばた）を、製品に使えるテキスタイルにするための工程。毛織物の場合は、洗絨（せんじゅう：洗剤で汚れや機械油を除去）、煮絨（しゃじゅう：熱湯にとおし、滑らかにする）、縮絨（しゅくじゅう：水分を加えて揉み、織りの密度を高める）、乾燥、染色、起毛（毛羽立たせ）、剪毛（せんもう：毛羽の刈り揃え）、プレス、蒸絨（じょうじゅう：蒸して形状を固定）、撥水加工、シルケット加工（光沢や吸湿性付与）など、いくつもの工程を経て初めて出荷できる。

全織（ぜんせん）同盟

昭和21年に繊維産業の企業別労働組合を単位組合として結成された全国的組織で、正式名称は全国繊維産業労働組合同盟。1960年代後半からチェーンストアなど流通産業の労働者の組織化にも取り組み、1970年代には組合員55万人を超える民間最大の産別組合になり、1974年にゼンセン同盟に改称した。日本の労働運動の中では右派の代表格。2002年にCSG連合（化学・薬品・サービス関係）、繊維生活労連（地場繊維産業）と統合し、全国繊維化学食品流通サービス一般労働組合同盟（略称・UIゼンセン同盟）となった。

ツイード

スコットランドとイングランドの境を流れるツイード河畔を

重衣料、中衣料、軽衣料

重衣料はコート、スーツ、ドレスなど、厚手で重さのある衣料品。軽衣料は肌着、下着、靴下など、薄くて軽く、実用性のある衣料品。中衣料は、前二者の中間で、ジャケット、ブラウス、シャツ、パンツなど、他の物と組み合わせて使う衣料品。

上代、下代

上代は商品の小売価格、下代は卸売（仕入れ）価格。

ションヘル織機

ドイツのションヘル社（Schönherr GmbH）が開発した織機で、ハンマーでシャトルを打ち出し、経糸（たていと）に緯糸（よこいと）を絡めていく。主に明治・大正期から1960年頃まで使われていた。経糸をピンと張って織る高速織機に比べると、生産速度は５分の１程度だが、経糸の張りも緩く、遊びがある分、手触りが柔らかく、風合いのある生地を織ることができる。現在は生産が中止され、機屋が自力でメンテナンス・修理を行なっている。

スタン（洋裁用人台）

ボディスタンドの略称で、デザイン制作、立体裁断、衣服の試着や陳列などに用いる人体の形をした模型。

川中は既製服などの製品メーカー、川下は卸・小売りを指す。

グレーディング

パタンナーの起こした型紙を、様々な体型の人に合うように、拡大・縮小し、多数の型紙を作る（サイズ展開する）こと。これを行う専門職をグレーダーと呼び、現在はコンピューターで行われている。

コレクション

シーズンごとに高級注文服のデザイナーが創作する一群の作品、またはその発表会のこと。1960年代からは既製服（プレタポルテ）のデザイナーも参加するようになり、パリ、ミラノ、ロンドン、マドリード、東京などで開催されている。

コンバーター

生地問屋のうち、自ら企画を行い、原材料の段階から手配し、製造加工までを自社のリスクで行う製造問屋のこと。

サンプル・ルーム（試作室）

各種縫製設備と縫製担当の職員を有するアパレル・メーカーの商品試作室のこと。

から受け取り、下請けとして布地を織る。子機は家族経営の零細な業者が多い。親機には工場を持ち、自社でも布地を織る者（会社）と、工場を持たず、生産はすべて子機に委託する者の２種類がある。

カシミヤ

カシミヤ山羊から取った毛、またはそれによる毛織物。名前はインドのカシミール地方の古い綴りに由来する。カシミヤ山羊は主に、中国北西部、ネパールのヒマラヤ地域、モンゴルとイランの高い台地に住んでいる。毛は細く、密度が高いが軽く、暖かく、光沢があり、肌触りがよく、高価である。

カテゴリーキラー

衣料品や家電など、特定分野（カテゴリー）の商品を大量に揃え、低価格で販売する小売業者のこと。カテゴリーキラーが進出すると、その商圏内のスーパーや百貨店は、そのカテゴリーの取り扱いの縮小や撤退に追い込まれるので、このように呼ばれる。ユニクロ、青山商事、しまむら、ビックカメラ、ヤマダ電機、マツモトキヨシ、トイザらスなどがこれに当たる。

川上、川中、川下

アパレル業界において、川上は紡績メーカーや織物メーカー、

アパレル用語集

イージー・オーダー

好きな生地を使い、既存の型紙の中から自分の体型に合ったものを選び、寸法調整やデザイン補正をしてスーツを作るやり方。

委託販売

百貨店がアパレル・メーカーからいったん商品を仕入れ、売れ残った商品は返品する販売方式。アパレル・メーカーは返品を考慮した価格設定をするため、百貨店の衣料品が高価格になる一方、百貨店は品揃えをアパレル・メーカーに依存し、バイヤーとしての実力低下につながった。

親機、子機（おやばた、こばた）

親機は、織物（布地）生産において統括的役割を果たす織物メーカー。織物の企画・設計を行い、見本織りを作って問屋やアパレル・メーカーから注文を取り、糸を買って、糸染業者や撚糸業者に加工を委託する。子機は加工された糸を親機本書は、二〇二〇年二月、岩波書店より刊行された『アパレル興亡』を文庫化にあたり、上下二巻として再編集しました。

初出　『世界』二〇一七年九月号〜二〇一九年八月号

・一部実在の人物や団体が登場しますが、内容はフィクションです。
また、登場人物の人間像は、すべて著者の創作です。
・柿ノ塚村は架空の地名です。

本文デザイン／森裕昌（森デザイン室）

JASRAC 出 2401597-401

集英社文庫

アパレル興亡《こうぼう》 上《じょう》

2024年 5 月30日　第 1 刷　　定価はカバーに表示してあります。

著　者　黒木《くろき》 亮《りょう》

発行者　樋口尚也

発行所　株式会社 集英社
東京都千代田区一ツ橋2-5-10　〒101-8050
電話　【編集部】03-3230-6095
【読者係】03-3230-6080
【販売部】03-3230-6393（書店専用）

印　刷　株式会社広済堂ネクスト

製　本　株式会社広済堂ネクスト

フォーマットデザイン　アリヤマデザインストア　　マークデザイン　居山浩二

ISBN978-4-08-744648-7 C0193